徳間文庫

思い出料理人

嫁《よめ》菜《な》雑《ぞう》炊《すい》

松岡弘一

徳間書店

目次

第一話　節分豆

一

小伝馬町《こでんまちょう》牢屋敷《ろうやしき》の南側に《すずめ》というこぢんまりした居酒屋がある。顔をしかめて焼き物をしている五十年配の大きな男が、この屋のおやじ、清吉《せいきち》だ。清吉の無愛想さをおぎなっているのが愛嬌《あいきょう》のよい女房のおさとで、いつも独楽鼠《こまねずみ》のように駆け回っている。

「豆を炒《い》っていただけますか」

先ほどからひとりで飲み食いしていた小石川養生所《こいしかわようじょうしょ》の若き本道医、鈴木森之助《すずきもりのすけ》が言った。

《すずめ》には世間の評判になるほどの名物料理はない。だが、清吉は客の注文に応じて、たいていのものなら作る。味も悪くない。

中には、かなり無理な注文をする客もいる。明日処刑される者、病気で余命いくばくもない者などが最後に食べたいものを作ってくれとの近親者の頼みである。

人は最後に、うまい、まずいではなく、あの日、あの時、あの人が作ってくれた思いでの一品を食べたくなるものなのである。むずかし過ぎる注文ではあったが、いつからか清吉は死に行く者の満足の笑みを見たいと思うようになり、精魂かたむけて末《まつ》期《ご》の飯をつくるようになった。

「炒るだけでいいのかい」

清吉が焼き物をしながら訊《き》く。

すると、近くで呑《の》んでいる口入れ屋のお杉《すぎ》が、

「鬼は外かい」

森之助が返事をする前に訊いた。

「ええ、まあそんなところです」

「そう言えば、もうすぐ節分だねぇ。鬼は外か。でも、鬼ってたいてい男だろう、追

い出すなんてもったいないねぇ」

「男日照りのお杉さんが言うと、真に迫って聞こえるわねぇ」

陰間《かげま》の菊乃丞《きくのじょう》が皮肉っぽく言った。

「おいおい、やめてくれ。酒がまずくなる」

独り言のように言ったのは傘張り浪人の曾根崎右門《そねざきうもん》だ。

「うちもやらなくちゃあね、福は内ってのを」

流しで洗い物をしているおさとが言った。

「すずめの福はあたしたちだろ」

お杉が言うと、

「違《ちげ》えねえ」

棒手振《ぼてふ》りの杢平《もくへい》がうなずいた。

「なに言ってるの、すずめの福の神はわたしよ。あんたらはね、疫病神《やくびょうがみ》」

菊乃丞がふたりをあざわらう。

「なにを」

杢平がすごんだが、

「なんだよ」

菊乃丞が大きな顔を突き出すと、

「や、やるのかよ」

たちまち杢平は尻込みした。

「いいわよ、やっても」

急に菊乃丞が色っぽい目つきをしたので、杢平はぶるぶるっと身震いした。

「おやまあ、悪い風邪《かぜ》でもはやっているのかねえ」

お杉が笑う。

鍋で炒り豆がポンポン弾《はじ》けている。

森之助は、じっと躍る豆を見ている。

どうやら炒り上がったようだ。

「ほいよ、炒り豆」

清吉は熱々の炒り豆の入った小鉢を森之助の前に置く。

森之助は一粒取り上げ、

「あちちっ」

と悲鳴をあげて取り落とし、今度は箸《はし》ではさんでおそるおそる口に入れる。しばし舌の上で転がしていたが、やがてカリッと小気味よい音を立てた。

「どうだい」

「おいしいです。でも……」

さあて、おいでなすったと清吉は思う。森之助がただの炒り豆を注文するはずがないのだ。無理難題というほどではないが、ときどき首をひねりたくなるようなものを作ってくれと頼みにくる。たいていは臨終を迎える患者の最後めしであった。

どうやら人が最後に食いたいものは、《うまいまずい》ではなく、《あのとき、あの人が作ってくれた、あの味》らしい。

清吉はできるだけ忠実にそれを再現してやることにしている。

「でも、なんだい」

清吉は訊いてみる。

「これはおいしすぎます」

森之助がしみじみと言った。

「いらないんならおくれよ」

お杉が小鉢をひったくった。数粒つまんでいっぺんに口に放り込み、カリカリと嚙《か》み割って、

「ほんとだ、おいしい」

と感嘆の声をあげた。

「あたしにもおよこし」

お杉の手から小鉢をひったくった菊乃丞は、大口あけて残りをざらざらと口の中にあける。

「あーあ」

周囲の連中が溜《た》め息《いき》をついた。

ボリボリ、バリバリ、菊乃丞はすさまじい勢いで嚙んでいる。

周囲の常連客たちが苦い顔で首を横に振る。

「喧嘩《けんか》するんじゃねえ、みんなの分も作ってやるからよ」

清吉は新たに大量の豆を炒り始めた。しゃもじでかき混ぜながら、

「節分豆はうまくちゃいけねえのかい」

森之助に背を向けたまま訊いてみる。

「なにしろ素人が作った炒り豆ですからねぇ、そんなにおいしいはずがありません」

森之助は歯にはさまった豆の殻を楊枝《ようじ》でほじくりながら言った。

「しかし、わざわざまずいものを作るわけにもいかねえしなぁ」

「無理を言ってすいません」

「毎度のことよ」

清吉は大量の炒り豆を小鉢に分けて森之助の前に置く。

「こっちは炒り過ぎで、こっちは炒り足りずだ。試してくんな」

森之助は律儀に双方の小鉢から二粒ずつつまみ出し、交互に嚙み分ける。

「これ、香ばしくておいしい」

どうやら炒りすぎの方を気に入ったらしい。

なにも言わないが、炒り足りずの方を嚙むと、渋面を作った。

今度は皆に配った。

味の感想を聞いてみると、意外にもほどよく炒ったものよりも炒り過ぎの方が評判がいい。

「うーむ」

清吉は腕組みした。

「ともかくいただいてまいります」

「三つとも試した方がいいだろう」

清吉は炒り方の異なる豆をそれぞれ半紙に包んで差し出す。

「ありがとうございます」

森之助はそれを押しいただいた。

あちこちで、ポリッ、カリッと豆を噛む音がうるさい。

二

節分の日、森之助が《すずめ》にやってきた。

顔色を見ればおおよその見当は付く。

「だめだったのかい」

清吉が訊くと、

「せっかく作っていただいたのに、患者が違うと言うんです」

森之助は申し訳なさそうに言った。

「どう違うと言うんだい」

「それが違うと言うばかりで、はっきりしません」

「まあそうだろうなぁ。どう作ったって、しょせんおれが作るのはにせものだ。本物の味にかなうわけがねえんだよ」

人が最後に食べたくなる幻の料理には、郷愁、愛情、友情、感謝、悔恨、ありとあらゆる情の調味料が染み込んでいる。料理人がどんなに腕をふるってもかなうわけがないのだ。

それでも作ってやるのが清吉であった。

「おさと、おめえの出番だぜ」

「あいよ」

おさとが元気よく応え、客たちに煮物を運ぶ。

「鬼」

「鬼は外」

「鬼は出ていけ」

常連客たちが口々に叫びながら鬼の面をかぶった肥満体に豆をぶつける。

「なによ、なんでわたしが鬼なのよ」

と言いながら、狭い店内を必死に逃げ回っているのは菊乃丞であった。

しかし、いくら豆をぶつけても素肌に当たるわけではないから痛みは感じないらしい。衣類や面で弾かれ、豆は虚《むな》しく土間に落ちた。

「つまんない」

と言って投げるのをやめたのはお杉だ。

他の連中もばかばかしくなったのか、投げるのを中断した。

すると猫使いの大道芸人煙の仲八《ちゅうはち》が横からそっと菊乃丞に近付き、サッと鬼の面を取り去った。

「えっ」

狼狽してこちらを向いたでかい顔に向かって一斉に豆が飛ぶ。

「痛い、痛い、なにすんのよ」

菊乃丞が悲鳴をあげて顔をおおった。

「おもしろーい」

お杉が手をたたいて喜ぶ。

おさとも笑い、清吉までが苦笑している。にこりともしないのは森之助だけだった。

三

翌日の午後、おさとは小石川養生所へひとりで出かけた。

受付に用件を告げると、すぐに森之助が小走りでやってきた。診療の途中とかで、早口に話しながら、最後めしの依頼者のところに案内する。

男部屋に入ると、無数の視線がこちらに向けられた。頭をもたげることもできないほど弱り切った男でさえ、じっと見ている。

おさとは若くもなければ美人でもないのだが、やはり看病人とは異なるなにか華やかなものがあるのだろう。男たちの視線はおさとの全身にからみついて離れない。

熱っぽい目で見られて悪い気はしないのが女心だが、ここでは別だ。見られるたびに命が削られるような気がしてならない。

森之助は右列の奥から二番目の病人の前までいき、

「こちらが炒り豆を食べたがっている幸一《こういち》さんです。私は仕事の途中なので、後はお願いします」

と言い置き、急ぎ足で病室を出ていった。

ここまでくる途中、森之助は幸一の容体や嗜好などいろいろ言っていたようだが、早口なのでおさとはよく聞き取れなかった。

おさとは幸一の前に立った。

皮膚がどす黒く、死病を患っているのは確かなようだ。皺《しわ》だらけの顔は一見して老人のように見えるが、髪が真っ黒なのでまだ若いのだろう。唇がカサカサに干割れて血がにじんでいる。額には、まるで豆でも張り付けたかのような大きな黒子《ほくろ》があった。

「幸一さん」

そっと呼びかけてみた。

しばらく待ったが返事がない。

もう一度呼びかけてみたが、やはり返事は得られなかった。

「幸一、お客さんだぞ、返事をしろ」

隣の老人が言ってくれたが、やはり返答はない。

「眠っているようですから、また後で」

おさとが隣に言って引き下がろうとすると、

「眠ってるんじゃねえ、この野郎、死んだふりをしていやがるのさ」

隣の老人が首を振り、大義そうに肘を突いて上体を起こす。七十歳くらいだろうか。頭が禿《は》げ上がり、皺が深いが、思いのほか血色が良い。少なくとも幸一よりは長生きしそうだ。

「死んだふり、ですか」

「ああ、この野郎は自分の都合が悪くなると、団子虫みたいに丸くなりやがるんだ」

「でも、決して悪い話を持ってきたんじゃないんですよ。わたしはただ、幸一さんのお好みの豆の炒り方を訊きにきただけですから……」

幸一がうっすらと目をあけてこちらを向いた。だが、目が合うと瞼《まぶた》を揺らし、あわてて逸《そ》らした。気の弱い者特有の仕草であろう。

「幸一さん、初めまして。《すずめ》の女房、さとと申します。お話は鈴木先生からうかがいました」

隣の老人が笑い出した。

「なにがおかしいんですか」

おさとはちょっと険しい視線を隣に向ける。

「おまえさん、すずめの女房だったのか。おらあ人の女房かと思ったよ」

「いやですよ、この人は」

おさとは禿頭をぶつまねをした。

ふたりのやりとりを、幸一が横目でうかがっている。

おさとは幸一に目を戻し、具合はどうかと訊いてみたが、返事はない。

「鈴木先生がわざわざ《すずめ》においでくださって、おまえさまが食べたがっているお豆をご注文くださったのですよ」

おさとが言い終わらないうちに、薄い掛け布団の下から痩《や》せさらばえた手が突き出て、おさとを追い払う仕草をした。

少しむかついたが、おさとは我慢して細く長い指を見る。次に自分の指を見る。短く、太くて、荒れてゴツゴツしている。もう一度幸一の指に目を戻し、体を使う仕事には向いていない指だな、と思う。

「あの炒り豆、食べてくださったのですか」

相変わらず返事は得られなかったが、指だけが扇子のように動いた。どうやら食べたことは食べたようだ。

「あの味じゃあなかったのですね」

幸一は手を引っ込め、体を丸めた。

「この野郎、また死んだふりを決め込みやがった」

隣の老人が首を横に振った。

「幸一さん、そんなに食べたいのなら、あの日あのときのお豆、作ってさしあげますよ」

「できるわけがありません」

布団の中からくぐもった返事が返ってきた。

「ほう、生き返りやがった」

隣の老人が嘲《あざけ》るように言った。

「よかったら話してくださいな、そのときのお豆の味を……」

「わたしが馬鹿でした。鈴木先生にあんなことを言ったわたしが馬鹿でした」

「そんなことはありませんよ。鈴木先生は幸一さんに喜んでいただきたいと思っているだけですからね」

「あの豆の代金、鈴木先生が自腹を切ったのですか」

「そうですよ」

「そりゃあいけない」

幸一はもがくようにして掛け布団を振り落とし、唸《うな》りながら上半身を起こした。それだけの仕草で息を乱しながら枕元の行李《こうり》をがさごそと探る。財布を取り出して開きながら、いくらかと訊いた。

「いいんですよ」

おさとは手を横に振ったが、

「言ってください。おいくらですか」

「じゃあ十文もいただいておきましょうか」

おさとは仕方なく言った。

「先生が払った分は返してやってください」

幸一は財布から十文取り出し、おさとに差し出した。

堅い男だなと思い、おさとは少し見直した。人生落ち目になってはいても、腐りきってはいないようだ。

また寝込むかと思ったが、幸一は横にはならず、視線を合わさないようにしながらおさとを見ている。

「ほう、こいつもまだ男なんだなぁ」

隣の老人がからかうと、

「うるさい」

幸一が声を荒げた。

「くわばらくわばら」

今度は隣の老人が死んだふりをした。

「幸一さんが昔食べたのは、やっぱり節分豆なんですね」

おさとは改めて訊いてみた。

「ええ、ただの節分豆です……」

幸一はおさとの肩越しに遠くを見る目つきで、ぽつりぽつりと語り始めた……。

四

今から二十数年前のことである。

当時幸一は六歳で、大川端の南本所番場町《ばんばまち》に店を構える仏具屋心得堂の跡取り息子だった。

その日は節分で、幸一は升いっぱいの炒り豆を持って、

「福は内、鬼は外」

と言いながら各部屋に豆を撒《ま》いて歩いた。

ふつう節分には生の豆を撒くものだが、心得堂では撒いた豆をすぐに食べられるよう炒り豆にするのが習わしだった。

幸一は二歳のときから豆まきをさせられていたようだが、記憶にあるのは去年からだった。豆まきが大好きな子供で、その日も大声で歌うように、

「鬼は外」

と叫びながら豆を撒いて歩いた。

その様子を若い両親がにこにこしながら見守っている。

「その実、鬼がなんなのか、福がなんなのかわかってやしません。ただ大声で叫びながら撒くのがおもしろくてね」

幸一は苦笑する。

「わたしもそうでしたよ」

おさとが同意すると、幸一はまた話し始めた。

幸一が豆を撒き終えると、父親が各部屋の押し入れを開けて、

「鬼さん、まだいるかぁ」

と問いかける。

幸一は息を殺して鬼の返事を待つ。返事がないとわかると、ようやく安堵《あんど》の溜め息を吐《つ》いたものだ。

すべての部屋を見て回り、どこにも鬼が潜んでいないことがわかると、

「幸一のおかげで鬼が一匹もいなくなった。よくやったな」

父が頭を撫《な》でてくれる。幸一は得意満面だった。

そのころ心得堂は忙しかった。両親は今晩も夜なべ仕事があるので、一緒に寝られ

ない。

幸一は歳の数だけ豆を食べ終えると、ひとりで寝た。だが、夕方から降ってきた雪のせいか、なかなか足が温まらない。

耳を澄ますと風の音が聞こえた。それに重なるように、

「鬼は外」

と叫ぶ子供の声がどこからか流れてくる。

鬼が追い出されているのはわが家だけではなさそうだ。

雪に風、外はさぞかし寒いだろう。

家々から追い出され、裸でひしめき合っている鬼たちの姿が見えたような気がした。

「鬼さん、ごめんね」

幸一はそっと言ってみた。

鬼はなにも悪いことをしたわけではなかった。押し入れの中とか天井裏とか床下など、誰の邪魔にもならないところでひっそりと暮らしていただけなのに、幸一は一匹残らず追い払ってしまった。

絵草紙で見たことのある鬼は、虎の皮で作られた兵児帯《へこおび》しか身に着けていない。あ

れでは寒くてたまらないだろう。

家に入れてくれるよう父に頼んでみようか。だが、怒られるに決まっている。

みんな鬼を怖がるが、なぜ怖いのか言わない。赤いからだろうか。青いからだろうか。それとも角《つの》があるからだろうか。

角があっても牛はやさしい。きっと鬼もやさしいに違いない。

鬼たちは今ごろ裸で寒風に吹きさらされて、ぶるぶる震えているのではなかろうか。

風が鳴いた。

それが鬼の泣き声のように聞こえた。

幸一はいたたまれなくなって、そっと布団から抜け出して雨戸の前までいき、節穴から外を覗《のぞ》いてみる。

雪が横殴りに吹き荒れていた。その下になにかいる。

一瞬、どろぼうかなと思った。どろぼうは人を襲い、金品を奪う悪い奴と聞いている。幸一は恐ろしくなったが、よく見てみると、庭にうずくまっているのはずいぶん小さいやつだった。

どろぼうの子供だろうか。

その子は四《よ》つん這《ば》いになって、地面に落ちているなにかを拾い集めている。拾ったものを口に運んだので、それが豆、それも幸一が鬼を追い払うのに使った炒り豆であることがわかった。

ということは、あれはどろぼうの子ではなく鬼の子ではなかろうか。

親が追い出されたので、子供が仕返しにきたのだろうか。

違う。鬼の子は豆を食べにきたのだ。

――いったいどこから入ったのだろう……。

ここからでは庭木の向こうにある塀は見えないが、幸一の背丈よりもずっと高いので、人の子では乗り越えられないだろう。でも鬼の子なら、ぴょんといともたやすく乗り越えるかも知れない。

それとも吹雪《ふぶき》に乗ってやってきたのだろうか。

幸一はちょっとためらいながらもしんばり棒を外し、雨戸を少し引き開けてみた。

物音に気付いて鬼の子が顔を上げた。すぐに逃げ出しかけたが、

「だいじょうぶだよ」

幸一が言うと、足を止めた。

幸一と同い年くらいの汚れた子だった。つんつるてんの単衣《ひとえ》を着ているだけで、裸足だった。

ふたりは部屋の中と庭とで見つめ合った。

「おまえ、鬼の子」

小声で訊いてみると、その子はこくんとうなずいた。

やっぱりと幸一は思った。

「おなかすいてるの」

またしても鬼の子がうなずいた。

幸一はちょっと迷ったが、

「おいで」

と手招いた。

だが、鬼の子は動かない。

「誰もいないから」

幸一は再度、手招いた。

鬼の子はしばし幸一と塀を交互に見ていたが、やがてそっと幸一の方に一歩踏み出した。幸一の顔から視線を逸らさずに、薄氷を踏むような足取りで近付いてくる。

「上がって」

幸一が言うと、鬼の子は自分の泥だらけの足を見た。

「いいから」

幸一にうながされ、鬼の子は汚れたままの足で上がってきた。

「早く、早く」

幸一は鬼の子を部屋に招き入れ、雨戸を音を立てないようにして閉めた。

ニッと笑うと、鬼の子もためらいがちに笑顔を返した。汚れか日焼けかわからない黒い顔の中で、歯ばかりが白く光った。

幸一は、じっと鬼の子の頭を見る。

「角はどうしたの」

鬼の子は首を横に振った。

「まだ生えないの」

鬼の子はためらいがちにうなずいた。

幸一は抜けた歯が生えてくるように、角も生えてくるに違いないと思った。

「おまえ、おなかすいてるんだっけ」

鬼の子がうなずくと、

「ちょっとここで待っていて。逃げちゃだめだよ」

言い置いて、そっと出口まで歩み、襖《ふすま》を開けた。廊下に出る前に振り向いて、唇の前に指を立て、

「シーッ」

と言ってから襖を閉めた。

幸一は忍び足で廊下を歩く。それでもミシッと音を立てるので、そのたびに肝を冷やした。

誰にも見つからずに台所までいくと、櫃《ひつ》から残り物のめしを椀にてんこ盛りによそい、中腹に指で穴を開けて梅干しを一個埋め込んだ。

「これでよし」

幸一はきたとき以上に慎重な足取りで廊下を歩き、部屋に戻っていく。

もしかするといなくなっているかもしれないと思ったが、鬼の子はちゃんと部屋で待っていた。

幸一は襖を閉めて鬼の子の前までいき、

「はい」

とお椀を差し出す。

「いいの」

鬼の子が初めて口を開いた。

「うん」

幸一は大きくうなずいた。

鬼の子はお椀を受け取り、小山のように盛り上がっためしの頂点にかぶりついた。

しまったと幸一は思った。箸を持ってくるのを忘れたのだ。

だが、鬼の子はその必要がないくらい上手に押し固められためしをかじった。

突然、鬼の子の顔がくしゃくしゃにゆがんだ。

梅干しを嚙んだに違いない。

幸一が笑い出すと、鬼の子も声を出さずに笑った。

鬼の子は残りのめしを一心不乱に食べる。

幸一は満足そうに見つめている。

鬼の子はまたたくまにてんこ盛りのめしを食べてしまった。

おなかをさすってにっこり笑う。幸一も笑顔を返すと、鬼の子が幸一の額をじっと見ている。おずおずと手を伸ばし、爪先でそっと引《ひ》っ掻《か》いた。

「取れないよ、それ黒子だから」

鬼の子はうなずき、今までしゃぶっていた梅干しの種をお椀に吐き出した。

幸一は空になったお椀を受け取ろうと前に歩み、

「あたっ」

と言って片足を上げた。なにか堅いものを踏んづけたのだ。豆だった。

見渡すと、部屋の隅にいっぱい落ちていた。全部幸一が先ほど撒いたものだ。

どちらからともなくそれらを両手で掻き集め始めた。

豆をいっぱい集めると、幸一は寝床に戻り、自分が先に潜り込んで顔だけ出し、掛け布団を少し持ち上げて、

「おいで」

と鬼の子を誘った。

鬼の子は豆を片手にためらっている。

再度呼ぶと、意を決したように布団の中に入ってきた。

鬼の子はまるで獣のような臭いがした。

ふたりは集めた豆を枕元に置き、一緒に口に運んだ。

カリッ、カリッと炒り豆を噛み砕く音が部屋に鳴り響く。

目が合うと、どちらからともなくにっこり笑った。

鬼の子の体は冷え切っていたが、すぐに熱いほどになった。おかげで幸一の冷たい足もだんだん温まってきた。

五

「それからどうした」

森之助の話が止まったので、清吉は訊いてみた。

「豆を食べ終えると、鬼の子、たぶん乞食の子でしょうが、別れを惜しみながら帰っていきました」

「それっきりかい」

「ええ、それきりです」

「しかし、繁盛している仏具屋の跡取りが、なんでまた養生所なんかへくるはめになっちまったんだろうねぇ。ごめんよ、養生所のことを、なんかなんて言っちゃって」

「いいえ、なんかなんですよ、今の養生所は本当にどうしようもありません、みんなやる気がなくて……」

森之助には珍しく、ひとしきり愚痴をこぼした。どうやら養生所では賄賂《まいない》が横行しているらしい。森之助だけ清廉潔白を押し通しているのが同僚からは浮いて見えるらしく、爪弾きにされているようだ。

「わたしひとりが力んでみても、しょせん蟷螂《とうろう》の斧《おの》なんでしょうねぇ」

励ましも慰めもなんの役にも立たないと思って清吉は黙っていた。

「三つ子の魂百までって言うけれど、本当なんですねぇ。幸一は商売をやるには優しすぎたんですよ。それでも親の跡を継ぎ、どうにか店を潰しもせずにやっていたのですが、やがて縁あって、おもんという二つ年上の女房をめとりました。すると、おもんの勝ち気な性格が商売には向いていたみたいで、仏具屋ははやりすたりのない地味な商売であるにもかかわらず大繁盛しましてね。儲《もう》けた金で家も新築して、支店も出す隆盛ぶりでした……」

「物事には栄枯盛衰ってものがあるからね、その後なにがあった」

「おもんが勘違いしたんです。店が繁盛しているのは自分の力、それに手足となって働いてくれている番頭の小助のおかげ、とね」

「亭主はのけ者かい」

「最初はともかく、だんだん足手まといになってきたのでしょう」

「それでとうとう幸一も酒と女と博打に溺《おぼ》れたってわけか。よくある話だ」

「それができるような人ならまだよかったのですが、幸一はおとなしいだけが取り柄の男ですからねえ。恋女房と腕利きの番頭との仲むつまじいやりとりを、指をくわえて、恨みがましい目で見ていただけだったようです」

「そりゃあどっちにしてもたまらねえなぁ。長持ちはしねえぜ、そんな間柄は」

「それでも数年の間はなんとか持ちこたえていたのですが、やがてどうにもならなくなっちまいまして……」

「追い出した方がいいんだよ、そんな女と番頭は」

「たたき出されたのは幸一の方です」

「ほう……」

清吉はしばし言葉を失った。気を取り直して訊いてみた。

「親がいるだろう」

「母親はとうに亡くなってますが、父親の方は中風で寝たきりだったようです」

「おもんは義父もたたきだしたのか」

「本当はそうしたかったのでしょうが、世間体もあるし、そればかりはできなかったみたいです」

清吉は吹きこぼれそうになった煮物の塩梅《あんばい》を見てから、改めて訊いてみる。

「それからどうした」

「幸一が戻ってきました、女房に詫《わ》びを入れて……」

「ケッ、見損なったよ。やっぱりだめ男はどこまでもだめなんだなぁ」

「幸一には幸一なりの決断があったのでしょう。そのことがあってからは何事も見て見ぬ振りを決め込んだようです。店の采配もいっさい女房と番頭に任せて、己の道楽にのめりこんでいったのです」

「幸一にも一応道楽なんてあるんだ。どんな道楽だい」

「じじぃ好みだなぁ。もっとも幸一にはぴったりだが……」

「万年青《おもと》作りです」

「万年青というのは実生よりも変わった葉に人気が集まるようで、特に斑《ふ》入りは大人気で、珍しいものになると百両の値段が付くこともあるそうです」

「いいこと聞いた。おれは今日限りで《すずめ》をたたむ」

「たたんでどうするんです」

「決まってるじゃねえか、百両、いや千両の万年青を作るんだよ」

「そちらの世界では十年でやっと半人前だそうです。《すずめ》をたたむのは見通しが立ってからの方がいいのではないでしょうか」

「まじめに取るなよ。話を元に戻すが、心得堂はそれでうまくいっていたのかい」

「しばらくは順調でしたが……半年ほど後に火が出まして……」

「丸焼けか」

「半焼でした」

「失火か」

「付け火です」

「いやな予感がするな」

「ご推察の通り、幸一が付け火の疑いで捕縛されました」

「幸一はやったのかい」

「過酷な取り調べがあったようですが、気弱な幸一にしてみればよほどの覚悟があったのでしょう、頑として口を割らなかったそうです。幸一が牢に入れられている間に中風の父親が亡くなりました。葬儀の席では涙に暮れるおもんに小助がぴったりと寄り添っていたそうです」

「幸一は毎日そんなのを見せつけられていたんだろうなぁ……」

「おやじさんならどうします。もしそんなことになったら」

「ねえ、ねえ、あんなおかめにそんなことはあり得ねえ」

清吉は手と首を同時に振った。

「なにがおかめだって。なにがあり得ないだって」

おさとが大声で訊いた。

「なんでもねえ、こっちの話だ」清吉は怒鳴り返し、「鈴木さんならどうするね」

「わたしは独り者ですが、妻帯しているものとして話しますが、そうですね、もし妻が間男したら、熨斗《のし》を付けてくれてやりますね」

「えらい。それでこそ男ってもんだ」

「もっとも、その場になったらわかりませんけどね。いかないでぇと足にすがって泣くかも知れません」

「冗談でもそんなことは言わねえでくんな」

「夫婦ってむずかしいですねえ。わたしはあれこれ見ているだけで疲れちゃいましたよ」

森之助は溜め息を吐いた。

連れ合いを亡くしたのならともかく、連れ合いが健在でも養生所へ入れられるようなのはろくな奴ではなかろう。そんな連中のぼやきを毎日のように聞かされているのだ。森之助の耳が疲れたのも無理もなかった。

「早いとこいい嫁さんをもらいな」と言った後、清吉は話題を元に戻した。「付け火は重罪だぜ。よくて磔《はりつけ》獄門、悪けりゃ火あぶりの刑じゃねえのか。でも、幸一が未だに生きてるってことは……」

「自白する寸前で真犯人が捕らえられ、無実が明らかになり、放免されました」

「その事件、おもんたちが仕組んだのか」

「さあ、それは永久の謎です」

「店はどうなった」

「結局、再開はしなかったようです。おもんは有り金ぜんぶ掻き集めて、小助と一緒に消えてしまいました」

「それで、幸一はどうなったんだい」

「その後なにをやってもうまくいかず、ここ数年は本所の松井町の裏長屋で仏具の修理をして細々と暮らしを立てていましたが、先年病に倒れ、医者にもかかれずに苦しんでいるのを家主が気の毒がって町役人に伝え、養生所に入れることになったようです」

「今までの話からすると、なるようになったとしか言いようがねえみたいだなぁ」

「先日番場町の心得堂があったところを見てきたんですが、今は髪結床になっていました」

「幸一はまだ豆を食いたがってるのかい」

「ええ……」

「だいぶ悪いそうじゃねえか。あとどれくらい保《も》つ」

「保って三月、いや、ふた月も保たないでしょう」

「歳はいくつだっけ」

「三十二です」

「死ぬには早すぎるな」

「今のわたしにできることは、少しでも痛みを和らげてやることと、最後の望みをかなえてやることくらいです」

「最後の望みが豆か……」

清吉は店内を見回す。いつの間にか森之助のほかに誰もいなくなっていた。

「そろそろ店じまいだ。木戸の閉まらねえうちに帰った方がいいよ」

「これはいただいてまいります。おさとさん、ごちそうさまでした」

森之助はふところの豆を着物の上から押さえ、かたづけものをしているおさとに声をかけてから店を出ていった。

「あんた、ごめんよ」

おさとが台を拭きながら言った。

「やぶからぼうに、なんだい」

「調べが足りなくてごめん。あの豆、たぶんだめだよ」

「だろうな」

「わかってて渡したのかい」

「鈴木さんの話からすると、幸一にはもう豆の味はわからねえだろう。嚙み割れるかどうかもあやしいもんだ」

「それでもいいのかい」

「よかあねえが仕方ねえ。後は鬼の子にでも頼むしかねえだろう」

森之助は格子戸をしっかり閉め切らずに出ていったようだ。冷たいすきま風が入ってきた。

おさとが閉めにいった。

閉める前に、顔を外に突き出した。

「もう見えねえだろう」

清吉が声をかけると、

「鬼は外」

おさとは小声で言い、つかんでいた豆を外に放り捨てた。

六

「梅を見たい」

と幸一が言う。

今日は快晴なので、森之助は許可した。

御薬園の梅の木の根元に筵《むしろ》が敷かれ、数人が座ったり、寝そべったりして梅の花を観賞している。

人もたまには日光に当てないと心も体も腐ってしまうとの見解から、天気の良い日には患者を順番で日光浴させることにしているのだ。

重症患者はその中に含まれないが、幸一はこれが梅の花の見納めになりそうなので特別に許可したのである。その代わり、万が一に備えて森之助が付き添うことにした。

幸一は掻巻《かいまき》にくるまれたまま、屈強な介護仲間に抱きかかえられて病棟を後にした。

梅の木の下まで運ばれた幸一は、筵の上に横たえられた。

森之助が上体を起こしてやると、幸一は深く息を吸い込み、うっとりした顔で言った。

「いい匂い」

森之助は低いところの枝を折り取って、幸一に手渡してやった。

幸一は生まれて初めて見るような顔で花を見ている。

花でごまかすしかないな、と森之助は思う。結局、あの豆はだめだった。炒り過ぎたのも、炒り足りないのも、ほどよく炒ったのも、幸一は一応口には入れたが嚙み砕くことはせずに、

「ありがとうございました」

と残りを返してよこしたのだ。

やはり清吉の言うとおりだったと森之助は思う。あの豆は他人が作れるものではなかったのかも知れない。

「鈴木先生」

声をかけられて振り向くと、出入りの漬け物問屋蜂須屋の作十《さくじゅう》が立っていた。晴

れていてもまだ肌寒い季節なのに、腕まくりして額の汗を拭きながら、柔和な笑顔で挨拶する。

「もう終わったのですか」

「へえ、いつもの通り物置小屋へ入れておきました」

「それはごくろうさま」

以前は賄所《まかないじょ》の方へ漬け物樽《だる》を置いてもらっていたのだが、そちらは火を使うので漬け物の傷みが早いことがわかってからは物置の方に置いてもらうことにしているのだ。

数年前まで漬け物は賄い仲間が漬けていたそうだが漬け具合がむずかしく、入所者はもちろんのこと医師や看護仲間にも不評だったので、業者に一括して頼むことにしたのである。そのときは数店が候補に挙がったが、蜂須屋が勝ち抜いたと聞く。

作十は若いに似合わず、なかなかのやり手なのだ。十年ほど前はただの棒手振りだったそうだが、盆に飾られた後川に流される茄子《なす》や胡瓜《きゅうり》を見ているうちに、あることを思いついた。作十はさっそく川下に網を張って流れてくる野菜を拾い集め、こまかく刻んで漬け込み、《福神漬け》と名付けて売り出した。それが当たって、五年後には小石川の茗荷谷町《みょうがだにまち》で店を構えるまでになったのだから恐れ入る。

当初は森之助にも袖の下を手渡そうとしたのだが、森之助は頑強に拒んだ。自分から袖の下を要求してくる医師や看護仲間が多い中で、森之助の毅然とした態度が逆に作十の気を引いたのか、漬け物樽を交換しにやってくるたびに挨拶にきて、束の間世間話をしてから帰るのが習いになっていた。

「あっしは花の名前はちっともわからねえんですが、御薬園へくるたんびに、おう咲いたか、おめえはまだかなんて花に話しかけているんですよ、あっしもつくづく馬鹿ですねえ」

作十は上機嫌で先ほど見てきた花々のことを話す。

「おまえさんの漬け物をいつも楽しみにしてますよ」

梅の木の下で憩っている老婆が声をかけると、

「ありがとうございます。そのお言葉、たいそう励みになります」

作十はていねいに頭を下げた。

なにを思ったのか、幸一がじっと作十を見ている。

作十もそれに気付いて幸一を見る。すぐに作十の目は幸一の額で止まった。そこには大きな黒子がある。

ふたりはしばし見つめ合った。

幸一が顔を伏せると、作十が近付いていき、

「あのう、間違っていたら勘弁してください。もしやおまえさまは心得堂の幸一さんじゃございませんか」

作十には珍しく、おどおどした口調で訊いた。

幸一は弱々しく首を横に振った。

「覚えてますぜ。その額の黒子は間違いねえ、幸一さんだ」

幸一はあいまいな顔で首を振り続ける。

「お忘れでしょうか、鬼の子でございますよ」

幸一は梅の花を見ているふりをしている。

「月日の経つのは早いもので、もう二十数年も前のことになりますが、吹雪の吹き荒れる晩に、空腹のあまりお宅様の庭で節分豆を拾っていたら、幸一さんにあったかい部屋に招き入れてもらったばかりか、山盛りのめしまでちょうだいいたしました。あのときのめしの味、今でもこの歯、この舌先にちゃんと残っております。その後、布

団の中に潜り込んで、一緒にポリポリ食べた豆の味、幸一さんはとっくにお忘れでしょうが、あっしにとっては一生忘れられない思い出でございます」

「梅は咲いたか、桜はまだかいな」

幸一が小声で口ずさんだ。

「梅が咲いたら実がなります。あの酸っぱくて塩からい梅干し、今でも思い出すたんびに唾が湧いてまいります」

本当に唾が湧いてきたらしく、作十は何度も生唾を飲み込んだ。

「桜切る馬鹿、梅切らぬ馬鹿か」

幸一はぼそっと言った。

作十が途方に暮れた顔でこちらを見たので、

「忘れちまったのさ」

森之助は首を振りながら言った。すると、

「忘れてなんかいないよ」

蚊《か》の鳴くような声で幸一が言った。

「じゃあ、やっぱりおまえさまは」

作十は歩み寄り、ひざまずいて、

「二度と会えないと思ってましたが……」

震え声で言った。

幸一はますます身を縮める。

「幸一さん、顔を上げておくんなさい」

「おまえに合わせる顔がないんだよ」

「それじゃあ、やっぱり覚えていてくださったんですね」

「忘れたことなんか一度もないよ」

「お久しぶりでございます」

作十は幸一の手を取る。

だが、幸一の手は萎えたままだった。

「あつい手だねえ」

「男の手は熱いものですよ」

「そうじゃなくて、分厚い手だと言ったんだよ」

「お恥ずかしい」

作十は手を引っ込めた。

「おまえ、ずいぶん苦労したんだろうねえ」

「あっしの苦労なんかどうってことありません。それにしても、どうして幸一さんが、こんなところに……」

「その先は訊かないでおくれ」

足が達者なら、幸一は走って逃げ出したことだろう。

「先生、これはいったい」

作十が森之助の顔を見上げた。

「後で……」

森之助が診療所の方を顎で指すと、作十は落魄《らくはく》の幸一の姿を見て、うなずいた。

ようやく幸一が顔を上げ、

「鬼の子が、ずいぶん立派になったねえ」

目を細め、しみじみと言った。

「あっしがなんとか人並みになれたのも、幸一さんが人を信じてもいいってことを教えてくれたおかげでございます。あのご恩は一生忘れやしません」

「馬鹿なことを言わないでおくれ、あれはほんの子供の気まぐれだったんだから……」

「覚えてらっしゃいますか、布団の中で」

「カリッ、カリッと」

ふたりは童心に戻り、なにやら秘密めかした笑みをかわしあった。

七

森之助は診察室で、幸一の失意の歴史をかいつまんで聞かせてやった。

「なるほど、そんなことがあったんですかい……」

作十は宙を睨《にら》んで黙り込んだ。

幸一の苦難続きの半生に思いを馳《は》せているのだろうと思い、森之助は敢《あ》えてよけいなことは言わなかった。

ようやく過去から戻ってきた作十が、

「幸一さんの体は、もうどうにもならないんでしょうか」

沈んだ口調で訊く。

森之助は正直に答えるしかなかった。

「そうですか。もう少し出会うのが早かったらなんとかしてやれたのに……あっしはこの先なにをしたらいいいんでしょう」

森之助はしばし思案した後、一番重要なことを頼んでみることにした。

「終わりのその刻《とき》がきたら、先祖の墓に埋めてやってくださいませんか」

「それをしてくれるお人もいないんですか」

作十は驚いたようだった。

「独りぼっちなんですよ、あの人は……」

森之助は療養部屋の方を顎でしゃくった。

「なんてえこった、あんな好《い》い人が」

作十は何度も首を横に振る。

「好い人だからこその末路でしょうね。苦労なさった作十さんなら思い当たることがあるんじゃないですか」

「確かに、弱みを見せたら食われるのが世の常。でも、幸一さんみたいな人がいなくなったら世の中は真っ暗闇でございます。あっしにとって幸一さんは、遠くに見える灯明台みたいなお方だったんでございますよ」

「なにはともあれ、こうしてふたりが巡り逢えたのも天のお導き、そう思うしかないでしょう」

「果たしてそうでしょうか……」作十は沈み込んだ顔をした。「あっしは会えてうれしいですが、幸一さんはあっしに会わない方がよかったんじゃないでしょうか」

「そんなことはありません。幸一さんはあんなにあの日の豆を食べたがっていたのですから……」

「でも幸一さんが会いたがっていたのは永久に歳を取らない鬼の子でして、漬け物屋の作十じゃないような気がします」

森之助は思わずうなずきそうになった。作十の言うことはもっともだった。人の好い幸一のことだ、鬼の子が幸せになってくれることをずっと願ってはいただろう。だが、成長して成功した鬼の子と再会したいかとなると話は別だ。幸一もまた鬼の子と同じくらい幸せになっているのならば堂々と再会したであろうが、あんな惨めな姿は見せたくなかったであろう。

「それもこれも天のお導きでしょう」

森之助は苦し紛れの返答をした。

「墓はもちろんお引き受けしますが、ほかになにかあっしにできることはございませんでしょうか」

「そうですね……」

森之助はあれこれ考えてみる。養生所の暮らしは、建前としては無料なのだが、実際にはあれこれと金がかかる。例をあげれば、金がないと甘いものひとつ、鼻紙一枚手に入らないのが実際だ。幸一の先はそう長くはない。幸一がなに不自由なく養生所で暮らせるくらいのものは出してくれそうだ。

しかし、それは後で頼めばいい。ほかになにかあるだろうか。

幸一は肝の瘍《よう》で末期であった。いまさらどんな高価な薬を与えても余命を数日伸ばすのが精一杯だろう。それよりも苦痛を紛らす薬を与えてやった方がいいだろう。

いずれにしろ幸一はすべてをあきらめきっている。

――おっと、そうでもないか……。

森之助は重要なことをひとつ思い出した。

「では、その日がきたら豆を一緒に食べてやってください」

作十はにっこり笑い、

「承知いたしました」

しっかりとうなずいた。

作十が帰った後、森之助は幸一に突き返された三種の豆を味わってみた。

これを歳の数だけ食うのか、と思った。子供なら食えるだろうが、病持ちの大人だったら必死の覚悟がいるだろう。

いずれにしろ、森之助にとってこの世に鬼が存在したのは遠い昔のことであった。

八

「ほいよ」清吉は森之助に烏賊《いか》と里芋の煮付けを出しながら訊いてみた。「それからどうした」

「奇遇ってのがもう一つありましてね」

森之助はしばらく食べることに専念していたが、一区切りを付けて茶を飲んでから話し出した。

「養生所では人の出入りが激しくて、半年に一度くらいは看護人を募集するんですが、先月応募した者の中に、歳のころは三十半ば、ちょっと垢抜《あかぬ》けた女がいましてね……いえいえ、わたしが面談に当たったわけじゃありません。でも、採用されましたので、否が応でも顔を見ないわけにはいかないでしょう……ええ、確かにいい女でした。でも、ちょっと険があるというか。わたしの好みじゃありませんね」

「鈴木さんの好みは今度訊くとして、その女がどうした」

「その女と幸一が顔を合わせたと思ってください」

「その女、おもんだったのかい」

おさとが訊いた。

「先に言わないでくださいよ。やりにくいなぁ」

ぼやきながらも森之助は話を続ける。

先に気付いたのはおもんの方だった。いくら長年顔を合わせておらず、病で面変《おもが》わりしていようとも、そこは元夫婦だ、額の黒子を見るまでもなく、一目でわかったそうだ。だが、昔の出来事があるので、話しかけることができない。

「ちょっと待っておくれ。なんでおもんが養生所なんかに働き口を求めてやってきたんだい。お金はたっぷりあったんじゃないのかい」

おさとがまたしても割り込んできた。

「話が前後しますが、おもんは番頭の小助と逃げたはいいが、しょっちゅう一緒にいると互いのアラばかり目立ち、二世を誓い合った仲もだんだんまずくなり、とうとう大げんかのあげく別れてしまいました……別れたというよりは小助に若い女でもできて捨てられたんでしょうねえ……それからおもんはいろいろやったようですよ。堅い仕事と言ってますが、かなりきわどいところで働いていたようです。でも、どのみち女を売り物にするには歳を取りすぎてますからね、どこも居づらくなったのでしょう。なにも堅気になりたくて養生所の仕事を求めてきたのではなく、もうここしか働く場所がなかったのでしょう」

「でも、養生所の給金って安いんでしょう」

「ええ、すずめの涙ほどです」

森之助が言うと、

「おれたちの涙はそんなに安いか」

清吉が大きな声で言った。

「あんたのはね。でも、あたしのは高いよ」

客の間からおさとが大声で言い返した。

森之助は苦笑する。

「おっとごめんよ。続けてくんな」

清吉にうながされたが、森之助は言葉に詰まった。

「そんなに安くても、おもんが養生所で働きてえってことは、よっぽど追い詰められていたんじゃないのかねえ」

清吉が呼び水を入れてやる。

「それがそうとも限らないのです。確かに養生所の給金は安いですけれども、たとえ看護見習いでも付け届けのおこぼれをちょうだいできますからね。要領よくふるまえば、給金の倍くらいにはなります」

「どこかでそういった噂を聞きつけてやってきたというわけか」

「いろんな噂が耳に入りやすいような世渡りをしてきたようですから……」

「それで、ふたりはどうなったんだい」

清吉がやきもきしながら訊く。

「おもんは迷った末、いつまでも知らない顔はできないと思ってか、意を決して幸一の前に立ったのです」

「ちょっと待った。おもんは気付いたのに、幸一は気付かなかったのか」

「おもんもだいぶ面変わりしてましたからね」

「それにしても幸一ほどじゃあるめえ」

「おもんはなるべく幸一と顔を合わせないようにしていましたからね」

「どんな経緯《いきさつ》があったにしろ元女房だ。やっぱり幸一は気付いていたんじゃねえかな。でも、気付かねえふりをしていた。幸一って、そんな奴じゃないのかい」

「会ってもいないのに、よくご存じで」

「そこは年の功ってもんよ」

「清さん、自慢話はもういいから、先を聞こうよ」

珍しくひとり静かに飲んでいたお杉が言った。

清吉はむっとした顔をしたが、黙っていた。

「幸一の前に立ったおもんは、どうしたんだい」

　お杉が続ける。

「いやあ、びっくりしましたよ。いきなりおもんが床に座り込み、ガバと両手を突いて、涙ながらに旧悪を詫び始めたのですからね」

　森之助は飯台に両手を突いて、その姿を少し真似して見せた。

「幸一はさぞかしびっくりしただろうねえ」

「周りの連中の方が驚いたのではないでしょうか。みんなぽかんとした顔で見ていましたよ。もちろんわたしもそのひとりでした……幸一ですか、そっぽを向いて、聞いているのかいないのか、その横顔からはまったくわかりませんでしたね」

「驚かなかったのかい」

「思ったよりは……」

「やっぱり気付いてたんだろうねえ」

「聞こうと思わなくても耳には入るだろうし、幸一の奴、さぞかし耳をふさぎたかっただろうなぁ」

　清吉がしみじみ言うと、森之助が否定した。

「それがそうでもなさそうでしたよ。確かにそっぽを向いてはいましたが、幸一は終始おだやかな顔をしていました」

「死が近付いてるんで、悟り切っちゃったのかな」

「それからどうなったのさ」

お杉がやきもきしながら訊く。

「言いたいことを言い終えたおもんは、最後にこう言いました、幸一さんが許してくれるなら、今後は自分が面倒を看《み》ると」

「そしたら、幸一はなんと言ったのさ」

「なんと言ったと思います」

森之助は清吉やお杉、そのほか聞き耳を立てている連中の顔をひとりひとり見ていく。

「せっかくだがと、ことわったのかい」

と清吉。

「まさか、よろしくなんて言わなかっただろうね」

お杉が、森之助が答える前に続けて訊いた。

「幸一はおもんの問いには答えず、小助はどうしたのか、おだやかな顔で訊き返しました」

森之助が言うと、お杉たちは、なんだつまんないという顔をした。

しかし、当然と言えば当然の問いかけであった。元はといえば、忠義であるはずの番頭の裏切りによって、女房もお店も盗み取られたのが始まりである。幸一が落魄して不治の病に倒れ、養生所に収容されて、明日をも知れぬ身となったのは小助のせいであろう。その後、小助がどんな暮らしをしていたか知りたくなるのは人として当然であろう。

「そんなことを知ってどうするつもりなんだろう。かえって辛《つら》いだけなんじゃないだろうかねえ」

お杉は首を振る。

「おれだったら小助の野郎を捕まえたら、一寸刻みに切り刻んで大川の鯉の餌にしちまうんだが」

鼻息荒く言ったのは棒手振りの杢平だ。

「おもんはなんと言った」

清吉が訊いた。

「小助とはずっと昔に別れて、今はどこでどうしているかまったく知らないと言ってました」

「納得できねえ答えだな」

森之助はうなずき、

「幸一も同じ思いだったらしく、知っていることを教えてくれと、いつになくしつこく迫ります。話さないことには先へ進めないと思ったのか、おもんはふたりで逃げた後のことを、あれこれ話し始めました……」

「聞かされている方は針の筵だったろうねえ……幸一はどんな顔で聞いていたんだい」

「終始おだやかな顔で聞いていました」

「馬鹿なのか、それとも……」

「それとも、なんだよ」

杢平が訊いた。

「なんでもないよ。それで終わりかい、先生」

「おもんの長話を聞き終えると、幸一は小助に会いたいと申しました」

「会ってどうするつもりなんだろ」

「当然、誰もがそう思います。そこでわたしが訊いてみましたところ、どうするつもりもないとのことでした」

「恨み辛みが山ほどあるだろうに……おれだったら小助の目玉をえぐり……」

興奮した杢平が身振り手振りを交えて話し出すと、

「うるさいんだよ、お黙り」

お杉が抑えた。

「幸一はどうしても小助に会いたいとのことです」

森之助はふたりを無視して話を進める。

「でも、おもんは小助とはとっくに別れているんだろう」

遠くからおさとが訊いた。

「おもんもそのことを何度も言って、いまさら小助に会っても仕方がないだろうと幸一を説得したのですが、幸一は頑として首を縦に振りません。小助に会わせてくれないんだったら、二度と顔を見せないでくれと言いました」

「意気地がないようでも、やっぱり男だねえ」

お杉が惚《ほ》れ惚《ぼ》れとした顔で言った。

「おもんは真底困り果てた顔をしてました」

「おもんがそこまで幸一とよりを戻すことに執心なのはどうしてだろう」

お杉の疑問に、

「金はねえしなぁ」

杢平が応じた。

「罪滅ぼしのつもりじゃないですか」

森之助が言うと、あちこちから失笑が漏れた。お杉などは高らかに笑っている。

「私、なにかおかしいことを言いましたか」

森之助は皆の顔を見回す。

「それで終わりなの」

珍しく人の話に割り込まずに聞いていた菊乃丞が訊いた。

森之助が答える前に格子戸が開いた。入ってきたのは岡っ引きの富五郎《とみごろう》だ。

あいている席に座ると、皆が次々と酒を注《つ》いでやる。

「祭りでもあるめえし、今日はばかに景気がいいじゃねえか。いってえなにがあったんだい」

ぐい飲みで二、三杯あおってから富五郎が訊く。

「実は親分を男と見込んでお願いがあるんだけど」

お杉がいつにない色っぽい仕草で富五郎にすりよる。

「おめえに見込まれなくても、おれは男だよ」

「あたしも」

菊乃丞が言った。

ともかく富五郎が聞く準備をととのえると、

「お後は先生、お願いね」

お杉は森之助に席を譲った。

九

五日後のことである。

「用意はできたか」

富五郎が病棟を覗きにきた。

「もう少しお待ちを」

森之助が言って、介護仲間に幸一の着替えを急がせた。

富五郎は病人の臭いに辟易《へきえき》して、病棟の外で待つことにした。そこでは手下《てか》の蓑作《みのさく》が宿駕籠《しゅくかご》を用意して待っていた。

これは事件ではないが、皆の頼みとあってはことわるわけにもいかず、富五郎はおもんの古くて途切れ途切れの話から小助の足取りを追って、昨夕ようやく探し当てたのだった。

そこで蓑作と森之助に手伝わせて、これから幸一を駕籠に乗せ、牛込は肴町《さかなまち》にいる小助に会いにいこうというのである。

小助が今なにをしているかは誰にも伝えていない。幸一は自分の目で見て、今を確かめればよいのだ。

病棟が騒がしい。

屈強な介護仲間に背負われて幸一がやってきたのだ。森之助が付き添っている。

「きたぞ」

　富五郎は蓑作に合図を送った。

　幸一を駕籠に乗せると、振り落とされないように左右から蓑作と森之助が支えた。富五郎は途中で交代するつもりで、森之助の後ろに付いた。

「ゆっくりやってください」

　森之助の合図で駕籠が上がった。

　指図された通り、駕籠かきはゆっくりといく。それでも揺れるらしく、幸一の顔が苦悶《くもん》にゆがんだ。

「だいじょうぶですか」

　森之助が何度も訊く。そのたびに幸一は強くうなずくが、顔色は悪くなる一方だった。

　富五郎はようやく小助を見つけたときのことを思い出す。こいつかと思い、穴のあくほど見つめてしまった。

　小助は悪党ではあるが、目に見える罪を犯しているわけではないので、富五郎の出番はない。残念ながら傍観するしか手はなかった。

人を動かすには飴《あめ》と鞭《むち》と言うが、小助の場合は飴を使ったのである。せっかく幸一が訪れても、小助がそこにいないと困る。だから明日の今時分、家にとどまるよう言っておいたのだ。もちろんただとは言わない。いい仕事を世話すると言って半金置いてきた。小助はわずかな金を目を輝かせて受け取ったのである。

富五郎の指図通り、駕籠は伝通院の脇を通り、安藤坂を下り、江戸川の大曲《おおまがり》沿いにいく。

やがて舟河原橋を渡って牛込門までいき、神楽坂を上る。

肴町は神楽坂上に道をはさんで五カ所にあった。ようやく目的の場所に着くまで、何度も休憩しなければならなかった。

幸一の衰弱は著しいが、気力で保っているようであった。

富五郎は本当はおもんも連れてきたかった。どんな修羅場になるか、この目で見届けたかったのだが、おもんは小助に会うことを頑強に拒んだ。

意外なことに幸一がそれを許した。ひとりで会うだけで充分だと言うのだ。

わからない男であった。今さら小助に会ってなにをする、もしくはなにを言うつもりだろう。恨み辛みを言ったとしても、おそらくは蛙《かえる》の面に小便だろう。小助に会うことによって、幸一はかえって傷付いてしまうのではなかろうか。

富五郎はいやな予感がしてならなかったが、ここまできて引き返すわけにはいかなかった。幸一の後ろには養生所と《すずめ》の応援団がいるからだ。

富五郎は裏通りへ入り、

「その棟割りだ。どぶ板が腐っているから用心してくれ」

駕籠かきに言って、先に立つ。

めったにここまで駕籠が入ってくることはないので、長屋の連中が何事かと顔を出す。そして、駕籠の後ろからははな垂れ小僧たちが付いてくる。

富五郎は長屋の一番奥までいき、

「よしここだ。ちょっと待っててくんな」

駕籠を待たせて、無印の腰高障子《こしだかしょうじ》の前に立つ。

「ごめんよ」

声を掛けながら引き開けた。

昼だというのにまったく陽が射し込まないので真っ暗だ。目が慣れるのを待たずに名を呼んだ。

返事がない。

逃げられたかと一瞬思った。だが、後ろに気配を感じて振り向くと、目の前に小助が立っていた。

「おう、いたか」

「昨日はどうも」

小助が会釈した。

富五郎は安堵の溜め息をつき、蓑作に幸一を連れてくるよう合図する。

「なんでしょう」

小助は不安気に駕籠を見ている。

「おめえに会いたがっている人がいる。中で待とう」

なおも駕籠を見たがる小助を、富五郎はむりやり屋内に押し込んだ。

「いったいわたしに御用なのはどなたでございましょう」

小助は薄闇の中で目ばかり光らせている。

「すぐに会えるから、楽しみに待ってな……それにしてもなんにもねえな」

富五郎は所帯道具もなにもない室内を見渡す。

「親分」

蓑作が声をかけてきた。

間もなく駕籠かきの肩を借りて幸一が入ってきた。

「おっとごくろう」

富五郎は幸一を駕籠かきから受け取り、己の肩に止まらせた。

幸一と小助は顔を合わせたようだが、暗いので誰かわからない。

「久しぶりだね、小助さん」

幸一が乱れた息遣いながら、おだやかな口調で言った。

「どなたでございましょう」

目が慣れ、だんだんと双方の顔が見えてくる。

幸一の目には、この貧相な小男がどう見えているのであろうか。

また小助の目には、余命いくばくもない幸一はどう映っているのであろうか。

「わたしを忘れちまったのかい」

幸一が言うと、小助の目が揺れた。

「まさか……若旦那」

「甲斐性なしの幸一さ」

逃げ出そうとする小助を、

「おっと待ちな」

出口のところで富五郎が捕まえた。

「放してください。わたしはなにも悪いことはしておりません」

という小助の口調は、悪いことをしている者特有のものだった。

絞れば悪事の一つや二つは白状するだろうが、今日の目的はそれとは異なる。

「昔の主人がわざわざ挨拶にきたんだ。茶くらい出したって罰は当たらねえぞ」

「おまえ様方は」

小助は富五郎と森之助を交互に見る。

「ただの野次馬さ」

富五郎は十手《じって》を隠して言った。

「わたしは付き添いです。幸一さんが体をこわしておりますので」

森之助が言うと、小助は振り返って改めて幸一の様子を見た。おそらく幸一の風貌は一変しているのだろう。幸一と気付くのに遅れた理由に納得したらしく、

「その節はお世話になりました」

深々と頭を下げた。

「言うことはそれだけかい」

富五郎が訊く。

「ほかになにを言えとおっしゃるんですか」

小助はしたたかぶりを発揮した。どうやら居直る腹ができたようだ。

「幸一さん、言いてえことがあったら」

富五郎がうながすと、森之助に支えてもらいながら今にも止《や》んでしまいそうな息をしていた幸一が、ふところから点袋《ぽちぶくろ》を取り出した。

「これを」

と差し出す。

「なんでしょう」

居直った口調で小助が訊いた。

「長年うちで働いていただいた餞別《せんべつ》さ。今まであげる機会がなかったもんでね」

幸一が言うと、小助の瞼がひきつった。

「さあ、受け取っておくれな」

「せっかく若旦那があ言ってなさるんだ。もらったらどうなんだ」

富五郎が小助の背を押した。

小助は二歩前進し、おずおずと手を伸ばす。

富五郎はその指が一本欠けているのを見逃さなかった。

なぜ健全な方の手を出さないのかと見ると、なんとそちらは二本欠けていた。

「いろいろごくろうさまでした」

幸一は小助の手に点袋を置いた。

「ありがとうございます」

小助は頭を下げ、歩いた分だけ後退した。

「中身を改めておくれ」

小助は点袋の中身を手のひらに振り出す。出てきたのは一文銭だった。

覗き見て、富五郎が笑い出した。

小助はこわばった顔で一文銭と幸一の顔を見比べている。

「これでおまえとは縁が切れる。邪魔したね」

幸一は森之助に、部屋の外に出してくれるよううながす。

富五郎は森之助の手を借り、ふたりがかりで幸一を外に出して、控えていた駕籠に乗せた。

「待ちやがれ」

後ろからすごみのある声がかかった。

駕籠かきを除く三人がそちらを向く。

「おい幸一、これはいってえなんのまねだ」

返事次第では殴りかかりそうな勢いで小助が訊いた。

「餞別だと言ったでしょ」

「てめえ、おれを舐《な》めるのか」

小助が噛み付きそうな顔になった。

「おまえを恨んじゃいないよ。おまえみたいのを雇ったのが馬鹿、暇を出さなかったのが馬鹿、女房を寝取られたのが馬鹿、店を乗っ取られたのが馬鹿、おまえみたいのと駆け落ちした女も馬鹿、おまえも馬鹿、みんな大馬鹿だったのさ」

幸一はほほえみながら言った。

「馬鹿はてめえひとりだよ」

小助が吠《ほ》えた。

幸一は静かに笑う。

小助は悪態を言い続けた。

「うるせえ、いいかげんにしやがれ」

今度は富五郎が吠えた。

小助の口が止まると、幸一がおだやかに訊いた。

「一つだけ教えておくれ。店を焼いてわたしに濡《ぬ》れ衣《ぎぬ》を着せたのは誰だい」

場合によってはと思い、富五郎はふところに忍ばせた捕り縄に手を伸ばす。

「知らねえ」

少し間を置いてから小助が言った。

「そうかい」

幸一は言った。

「いいのか」

富五郎が訊くと、幸一はうなずいた。

暑くもないのに小助は手のひらの汗を袖で拭っている。

「出しておくれ」

幸一は駕籠かきに言った。

先棒がこちらを見たので、

「ああ、やってくれ」

富五郎は言った。

長屋の木戸を出るときに振り向いてみると、ちょうど小助が一文銭を地面にたたきつけたところだった。それを拾おうと、長屋の子供たちが飛びつき、争いになった。

「なるほどねえ、なるほど」

森之助が独り言を言っている。

「先生、なにがなるほどなんだい」

「なるほどじゃいけませんか」

訊き返されて、富五郎はしばし考え込んだが適当な言葉が見つからないらしく、

「そうだな、なるほどでいいや」

投げやりに言った。

駕籠かきの調子に合わせてふたりは歩を進めた。

その晩、森之助の口から幸一と小助のやりとりを聞き終えた《すずめ》の常連客たちは、わかったような、わからないような顔をした。

「それで幸一は、おもんとよりが戻ったのかい」

清吉は皆の代わりに訊いてみた。

「幸一は、餌を投げてくれるのを待っている犬みたいなおもんに向かって、どちらさまでしょう、とおだやかな顔で言ったのにはびっくりしました」

「どちらさまでしょうか。そりゃいいや」

清吉が笑うと、

「呆《ほう》けちゃったのかねえ」

おさとが言った。

「呆けてんのはおめえだよ。それが幸一の、せめてもの男の意地ってものさ。それくらいのことがわからねえのか」

「わかって言ってるんだよ。それで、おもんはどうしたのさ」

おさとは森之助の顔を見る。

「どちらさまでしょうと言われたとたん、おもんはびっくりした顔で、じっと幸一の顔を見てました」

「すると、幸一さんはどうしたのさ」

「二度と目を合わせようとせず、狸寝入りを決め込みました」

「おもんは怒ったかい」

「心の裡《うち》はわかりませんが、なにも言わずにすっと立ち上がり、足早に去っていきました。それがおもんを見た最後です」

十

幸一の息が切れ切れになってきた。

看取る森之助は気が気ではない。

「しっかりしなさい。もうすぐ豆が届きますからね」

作十が《すずめ》で作ってもらった炒り豆を持って駆けつけることになっていた。

今回は作十が清吉に助言したはずなので、あの日ふたりで布団の中で食べた炒り豆の味に近付いているはずである。だが森之助は、幸一の身がだいぶ危なくなってから作十に連絡したので、果たして間に合うかどうか心もとなかった。

幸一の口がかすかに動いた。

「なんですか」

森之助は耳を寄せる。

「鬼は内、鬼は内、鬼は内……」

幸一はか細い声で言っている。

森之助はうなずいた。幸一にとっては外にいたのが福で、内にいたのが鬼だったのだ。

「幸一さん、もうすぐ鬼がきますよ」

大きな声で言うと、幸一はかすかにうなずいた。

森之助の背後がざわついた。ようやく作十が駆けつけてきたのだった。

「こっちだ、こっち」

森之助は招き寄せ、己のいた場所に作十を座らせた。

「幸一さん、鬼の子だよ。鬼の子がやってきたよ」

作十が耳元で言うと、

「鬼の子」

幸一がうれしそうに言った。

「梅干しご飯、おいしかったよ。豆もおいしかったよ」

作十の言葉に、幸一の口元がかすかにほころんだ。

森之助は小さくうなずいた。幸一の気持ちがわかったような気がしたのだ。幸一が帰りたかったのはおもんや小助との争いの日々ではなく、両親に愛されながら、吹雪の晩に鬼の子と一緒に布団の中で豆を食べたあの日にさかのぼるのではなかろうか。

「幸一さん、豆だよ。あの日の豆だよ」

作十はふところから炒り豆の入った袋を取り出し、中身を幸一の枕元にあける。ほどよく炒られた豆が辺りに散らばった。

作十はその一粒を取り上げ、幸一の乾ききった唇の間に入れてやる。だが、もう噛む力は残っていないようだ。

作十はあの日と同じように幸一の横で腹這いになり、豆をほおばった。
カリッ、カリッと小気味よい音と共に大粒の涙がしたたり落ちた。

第二話　嫁菜雑炊

一

そろそろ木戸が閉まる時刻だが、ひとり居残った曾根崎右門がまだ帰らない。悪酔いする男ではないはずだ。

右門は独り身の傘張り浪人だが、傘張りの腕はよく、酒代がとどこおったことはない。いつもひっそりとやってきて、少量の酒を舐めるように飲みながらみんなの話に耳をかたむけるのを無上の喜びと感じているらしい。

無口ではあるが決して気むずかしい客ではない。二本差しにしてはよく気がつく方だし、みんなの邪魔をしないように、いつも心がけているようだ。

まるで置物のように決まっていつもの席で飲んでいるので、いつしか常連客たちも彼の姿を覚えてしまい、いないと気になるらしく、

「あれ右門センセはいねえのかい」

と誰からとなく清吉に訊く。

中には陰で、「貧乏神のセンセ」などと言う者いる。たまには本人の耳にも届くことがあるようだが、まったく気にしていない。その証拠に、「なるほど、うまいことを言うものだなぁ」と笑っている。

確かに月代《さかやき》も無精髭《ぶしょうひげ》も伸びた長身痩軀《そうく》の右門の姿は貧乏神に見えないこともなかろう。

しかし、この貧乏神なら家にいても邪魔にならないだろうから、天井裏か土間の片隅にでも置いてもらえるのではなかろうか、と清吉はいつも思ってしまう。すくなくとも雪の降るこんな晩に外に追い出されることはないだろう。

右門の長屋は堀留町《ほりどめちょう》にある。南小伝馬町の《すずめ》から近いのだが、用心深い右門はいつも杉森稲荷のお狐さんに化かされるといけないからと言って早めに帰る。その時刻が迫っていたが、どういうわけか今日は酒が尽きたのに居残っていた。

清吉は片付けをしながら、客が残した銚釐《ちろり》の酒を注いでやった。

「すまんな」

右門はうまそうに飲み干し、深い溜め息をついた。

なにか話したいことがありそうだがなかなか決心がつかない感じだった。

「さと、おれにも持ってこい」

「あいよ」

清吉は仕事の手を止めて、右門が座る酒樽のななめ右横に座った。

おさとが客の残り物を走るような勢いで持ってきて酒樽に渡した板の上に置き、すぐに後片付けの仕事に戻っていった。

清吉は銚釐を振って中身の量を確かめると、まずは己の盃にひとしずく落とし、残りを右門に注いでやろうとする。

「いや、わしはもう……」

右門は手を振った。

「人の飲み残しだけれど、捨てるのももったいねえから、いやじゃなかったら飲んでってください」

「それでは遠慮なく……」

いつもうまそうに飲み食いする男だが、今日は格別だ。今生の別れの一杯という感じだった。

「センセ、どこかに引っ越すんで」

「なぜじゃ」

「いや、なんとなく……」

「そうかもしれん……」

右門は清吉の方に顔を向けてはいるが、目は茫洋《ぼうよう》とした彼方《かなた》を見ている。

「どちらへ」

「遠いところじゃ」

清吉はなにか不吉なものを感じて、

「おい、熱いのを」

空の銚釐を振った。

おさとは、「いいのかい」と問いかけるような顔で清吉の目を見る。

「いいんだ」

清吉はうなずいて空の銚釐を渡す。

酒がくるまでの間、ふだんは聞き役に回ることの多い清吉が珍しく世間話をした。年が明けてまだひと月ほどだが、気ぜわしかったせいか、ずいぶん経ったような気がする。こうしてなにがあってもなくても刻《とき》はうつろい、人は年老いて消えてゆくのだろうと、いつになくしんみりと語った。

清吉は気付いた、右門がぜんぜん聞いていないことに……。

「つまんねえ話をいたしやした」

清吉は照れ笑いして酒をあおる。

右門はようやく言う決心がついたようだ。

「実はな、おぬしに頼みたいことがあるのじゃ」

「なんでござんしょう」

清吉は身を乗りだす。

右門が切りだそうとしたとき、おさとが燗をした銚釐を運んできた。酌をしようとするのを清吉が追い払い、右門に話の先をうながす。

「嫁菜雑炊を作ってもらいたいのじゃ」

「ヨメナゾウスイ」

「ああ、嫁菜を入れた雑炊じゃ」

「おやすい御用と言いてえところだが、嫁菜が芽を出すにはふた月ほど早い。薺《なずな》とか芹《せり》、蓬《よもぎ》じゃいけやせんか」

「できるものなら嫁菜を食いたいが、そうだな、春とはいえど名ばかり。本物の春はまだまだ遠い。無理なことを言ってすまなかったな……さて、お狐さんに化かされるといけないから、そろそろいくか」

右門は腰を浮かした。

清吉の奢《おご》りに礼を言い、出口に向かった。

「センセ、明日もいらしてくださいな。雑炊、作っておきますんで」

清吉は右門の寂しそうな後ろ姿が気になって、思わず声をかけた。

右門はうなずき、出ていった。

見送ったおさとが粉雪と共に戻り、

「うう、さぶ」

身をすくめながら、素早く格子戸を閉める。

「嫁菜雑炊か」

「なつかしいねぇ。春の草摘み、何年やってないだろうねぇ」

おさとは指を折る。

「今年はいってみるか、少しあったかくなったら新シ橋辺りへでも」

「そうだね、あの辺なら芹も野蒜《のびる》もたっぷりありそうだね」

「桜の下で草摘みなんて乙なもんじゃあねえか」

「おまえさんは草より花で一献の方だろ」

「まあな」

「いいよ、いいよ、その間にあたしが摘んどくからさ」

「その前におめえに頼みがある」

「わかってるって、嫁菜だろ。でも、まだどこにも出てないよ」

「嫁菜の代わりになるものを適当に見つくろって採ってきてくれ」

「いいけど……」

「どうした」

「右門センセ、なにがあったんだろうねえ」

「おめえも感じたか」

「遠くへいくかもしれないって言っただろう」

「まさかおめえ、とんでもねえことを考えてるんじゃねえだろうな……あれは言葉の綾ってえやつで……」

「そうかもしれないけれど、そうじゃないかもしれない」

心配になった清吉は格子戸を開けて右門が過ぎ去った方を見る。細かい雪が横に流れ飛び、地面は黒いところが見当たらなくなっていた。朝までにはけっこう積もるかも知れない。

もちろん右門の姿は見当たらないが、清吉は雪の中に右門の幻を見たような気がした。人の命が薄れるとき、分身が現れると言った人がいる。

――もしかすると今のが……。

清吉はぶるっと身震いして格子戸を閉めた。

二

翌日の昼近く、店の仕事を早々に済ましたおさとは、笊《ざる》を持って草摘みに出かけた。

一刻半ほどして、笊いっぱいに初春の菜を入れて戻ってきた。

「ばかに遅かったじゃねえか」

煮物の様子を見ながら清吉が訊いた。

「風は冷たいけど、もう春だねえ」

おさとは途中で見た梅や万作がとてもきれいだったと、ちょっと浮かれた口調で語った。

清吉は鍋に蓋をして、

「どれどれ」

と言いながら笊をひっかきまわす。出てくるのは蓬や薺、わずかばかりの芹ばかりだった。

「嫁菜は」

「だから、まだ出てないって言っただろう」

「そりゃそうだが、どっかの日だまりなんかに生えてねえかな。ほんのひと握りでいいんだけどなぁ……」

「どこにもなかったよ」

「しょうがねえ……一番近いのがこれだろうな」

清吉は蓬を嚙んでみて、うなずいた。

「そう言えば草餅もずいぶん食べてないよねぇ」

おさとを無視して、清吉は雑炊を作り始めた。残り物の飯と煮物を使った。あまり煮込んでしまうと香りが落ちるので、蓬は細かく刻み、できあがる寸前に入れた。

試食してみると、われながらよくできた。これなら他の客に出してもよさそうだ。

「うん、なかなかいける」

一口ほおばり、おさとも太鼓判を押した。

今日の一番乗りは口入れ屋のお杉と、棒手振りの杢平だった。いつものように喧嘩しながら飲みはじめた。

嫁菜雑炊が待ち遠しかったのか、いつもより早い時刻にやってきた右門はさっそく雑炊を注文した。

「ほいよ」

清吉は椀の縁からあふれそうに盛った蓬雑炊を右門の前の飯台に置く。

「ほう、これはうまそうじゃ」

右門は蓬が混じっているところを箸ですくい取り、フーフー吹いてから口に入れた。

料理の腕にはいささか覚えのある清吉は、客が食うところなどめったに見ないのだが、今日ばかりは珍しく腕組みして、じっと見ている。

すぐに右門の箸が止まった。おやという顔で雑炊を見ている。

「まずいですかい」

清吉は待ちきれなくなって訊いた。

「いや、うまいことはうまいのじゃが、これは嫁菜雑炊ではない」

「あらかじめそう言ったはずですけど……」

「わかっておる」

「すいません。あっちこっち一所懸命探したんだけど、嫁菜はまだ出ていませんでした」

おさとが頭を下げる。

「あやまらなければならんのはわしの方じゃ。わがまま言ってすまなかったな、このとおりじゃ」

右門はふたりに交互に頭を下げた。

「水くせえまねはよしておくんなさい、そんなつもりで作ったんじゃねえんだから」

清吉は手を振った。

右門は再び箸を取り上げた。

「うまい、とてもうまい」

と言いながら食ってはくれたが、いつもと違い、どこかわざとらしかった。

清吉は組んだ腕をほどかず、なにやら考え込んでいる。

帰った客の後始末をしているおさとの手も止まりがちだ。

「あー、うまかった。ごちそうさん」

右門は言ったが、満足にはほど遠い口調だった。

清吉は頼まれもしないのに新しい銚釐の酒を注いでやりながら、思いきって訊いてみた。

「よかったら話しちゃあくれませんか、嫁菜雑炊のわけを」

　今まで賑やかに話し込んでいたお杉と杢平も急に口をつぐみ、こちらの話にじっと耳をかたむけている。

　右門はぐいと酒をあおり、狭い店内を見回してから訊いた。

「おぬし、この店を持ってどれくらいになる」

「かれこれ十年経ちやした」

「十年か……長かったか、短かったか」

「長いようでもあり、短いようでもあり……」

「二十年は長かった……二十年逃げ続けると、身も心もすり減ってしまう。ここにいるのは、言わば人のなれの果てじゃよ……」

　右門は薄く笑った。

　やがて右門は、二十年間胸につかえていたものを吐き出すように身の上を語った。

　曾根崎右門は米沢藩の下級武士だった。性格のよい妻をめとり、娘を得た。貧しいながら幸せな生活が続いたが、八年後に妻が急死した。雀蜂に刺された衝撃で、心の臓が動きを止めたのである。

その後、右門は娘の百合をひとりで育て上げた。いびつに育っていないか心配でならなかったが、世間の評判はよかった。妻が見守っていてくれたに違いないと思った。百合が十九になったとき、玉《たま》の輿《こし》ともいえる縁談が舞い込んだ。父子共に喜んで受けた。

季節は初夏、百合が近くの土手で摘んだ嫁菜を混ぜて雑炊を作ってくれた。それは母、鈴の味であった。鈴は四季折々の野草を雑炊に入れては季節の味を楽しませてくれたものだ。

「これからは独りだから、この味を覚えねばならんな」

右門が雑炊を味わいながら言うと、

「ご案じなさいますな、ご近所なんだから作りにきてさしあげます」

百合は右門の料理の腕を笑った。

「あのとき、わしは世の幸を独り占めしているような気分じゃった……」

右門にしては乱暴な手つきで酒をあおる。

お杉や李平はもちろんのこと、いつの間にかおさとまでもが仕事の手を止めて聞き入っている。

清吉は右門が再び話し出すのを辛抱強く待った。

「気付かなんだ、気付いていれば……迂闊《うかつ》だった。百合に横恋慕していた男がいた。婚礼の三日ほど前のことじゃ、五十騎組の宇佐平六という男が草摘みにいっていた百合をかどわかし、己の女にしようとしおったのじゃ……」

おさとが息を呑んだ。

「誰がなんと言おうと、清いままじゃった。百合は犯される前に舌を嚙み切ったのじゃ。さすが武士の娘と褒めてやりたいが、わしはどんなになっても生きていて欲しかった……」

「それが親心というものですよ」

おさとが口をはさむ。

「うるせえ、黙ってろ」

清吉は制し、

「それで斬《き》ったんですね、平六の野郎を」

義憤に震える声で訊いた。

「ああ、斬った。色街からの帰りを待ち伏せて、命乞いする宇佐平六を問答無用で切り捨てた……じゃが、百合は生き返らない」

お杉と李平が溜め息をついた。

「それから二十年も……」

清吉がしみじみ言った。

「その間、幾度か仇討《あだう》ちの追っ手に追い付かれ、そのたびに無駄な殺生をした。宇佐平六は悪いが、追っ手は悪くない。連中はわしを斬らねば武士の面目が立たぬのじゃ。逃げる者も辛いが、追う方も辛い。風の噂では、宇佐家は没落の一途を辿《たど》っているらしい。今わしを追っているのは宇佐の弟の倅《せがれ》、藤一郎じゃ。哀れな奴、仕官もできず、恋も知らず、ひたすらわしを追い続けているのじゃ。仇討ちは本懐を遂げて初めて人に戻ることができ、武士に戻ることができ、そして宇佐家は名誉を取り戻すことができる。藤一郎は宇佐一族の命運を背負って、人でなく、武士でなく、獣《けだもの》となってわしを追っているのじゃ」

「あーあ、侍の家になんか生まれなくってよかった。舌なんか噛み切りたくないもんねぇ」

今まで黙って聞いていたお杉がしみじみ言うと、

「おめえは一枚切っても、もう一枚残ってるだろう」杢平が言った。「第一、おめえをなんとかしようなんてぇ物好きはいやしねえ」

「筆屋のおまめに洟《はな》もひっかけてもらえないおまえなんかに言われたかぁないよ」

「なに言ってやがる。あの娘はおれにぞっこんなのさ」

「利口は天井知らず、馬鹿は底無しって言うけど、本当だねえ」

「うるさいんだよあんたら、少しはお黙り」

　おさとに叱られ、ふたりは小さくなった。

「ここは本当に居心地がよい。みんな気持ちのよい連中ばかりじゃ。こんな貧乏神みたいなわしを、いやがりもせずに受け入れてくれる。だが、捨てねばならん……幾度も幾度もこういうことの繰り返しじゃった。ようやく仕事に馴染《なじ》み、近所にも馴染み、小さな日だまりを見つけたと思えば追っ手が迫り、また逃げる。当てもなく逃げて、逃げて、逃げまくり、見知らぬ土地に辿り着き、物乞いから始めてようやくその土地に馴染んだころにまた追っ手が迫り……逃げて、逃げて……その繰り返しじゃった。疲れた、もう疲れた、わしゃぁ真底疲れたよ」

　ぐい飲みを持つ手がいかにも重そうだ。

「センセ、まさかあんた」

お杉の口調が変わった。誰の思いも同じで、食い入るように右門の様子を見る。

ようやく右門が口を切った。

「藤一郎が故郷へ帰るには手土産が必要じゃ、この老いさらばえた首がな」

右門は己の皺首《しわくび》を手刀でたたいて見せてから、ぽつりと言った。

「見つかってしまった……」

「お逃げなせぇ、生きてりゃあまたどっかで良いこともありやしょう」

李平が言ったが、右門は首を横に振り、続ける。

「ここ以上の天国が世の中にあるとは思えない。地獄巡りをしてきたわしが言うのだから間違いない」

「逃げるのに必要なお足が足りないんだったら、あたしたちでなんとかしようじゃないの。ねえ、みんな」

お杉が店内を見渡す。

居残っている者たちが、それぞれうなずいた。

「お志だけで充分じゃ。逃げても年寄りの弱足ではとても逃げ切れんじゃろう……こんなもの、捨てればよかったのだが、とうとう捨てきれなんだ」

右門は腰から大刀を引き抜き、鞘《さや》を払った。

「うわぁ」

あわてて杢平が床几《しょうぎ》を蹴倒して逃げた。

他の連中も浮き足立った。

「誰も斬りはせん。心配するな」

右門はじっと刀身に見入る。刃紋は丁字紋で反りが強く、見事なものであった。刀の価値はわからないながらも何人もの人の血を吸った刀には人を惹き付ける魔力が宿っているようだ。誰もがまたたきもせず、魅入られたように刀身を見つめている。

右門は最初はゆっくりと、次に素早い仕草で刀を振って鞘に納めた。

客たちがホッと溜め息を吐いて、それぞれの場所にへたりこんだ。

「長年胸の底に溜め込んでいたものを、なにもかも吐き出してしまった。これでもう思い残すことはない。みなさん、つまらん話をきいてくれてかたじけない。今までつきあってくれて、ありがとう」

右門はひとりひとりに向かって深々と頭を下げた。

「いやですよセンセ、明日も明後日も、ここはすずめのお宿でございますよ」

お杉が言うと、

「たまにはいいことを言うじゃねえか。そうだよ、その通り、ここはすずめのお宿だよ。誰に遠慮があるもんか、なあみんな」

杢平が応じて、みんなに同意を求める。

みんなが大きくうなずいた。

支払いを済まし、《すずめ》を出ていく右門の足が少し乱れた。

「右門センセ、お引き受けしました」

清吉が声をかけると、右門は半分ふりむき、

「ん、なんだったかな」

本当に思い当たらないような顔で問いかける。

「嫁菜雑炊、作っておきますんで、明日もきておくんなさい」

「ああ、そうじゃった、わしの最後めしじゃ。頼むぞ」

おさとが見送りに出ていって間もなく、

「おや」

杢平が声をあげた。足元にじっと見入っている。

「なによ」と陰間の菊之丞が杢平の視線を追い、「なんだ、蠅《はえ》か」

吐き捨てるように言った。

寒さに弱った冬蠅がもごもごとうごめいていた。

「なんか変ね、この蠅」

菊之丞はしゃがみこみ、楊枝の先でつついてみる。蠅はたわいなく腹を返してしまった。

蠅には片羽がなかった。

「もげてる」

菊之丞が言うと、杢平は大きく首を横に振り、

「もげたんじゃねえ、切ったんだ」

二人は目を見開いて顔を見合わせた。

誰もがぴたっと動きを止め、宙を睨んでつい先ほどの右門の仕草を思い返している。

清吉もそのひとりだった。右門は刀を抜き、しばらく見入った後、軽く振ってから鞘に納めた。その際、偶然近くを飛んでいた蠅に当たって片羽を切ってしまったのだ

ろうか。

清吉は小さく首を振る。右門は狙って切ったのだ。

刀を振る動作はごくゆっくりに見えたが、いつの間にか鞘に納まっていた。

——もしかすると、見えていなかったのかもしれねえ、と清吉は思った。

それぞれが立ち上がり、ブーンと片方の羽だけ羽ばたかせている蠅を、こわごわ覗き込む。

蠅は飛び立つこともできなければ、まっすぐ歩むこともできず、同じ所をぐるぐる回っている。

しんと静まりかえった中、聞こえるのは蠅の羽音と人々の切れ切れの息づかいばかりだった。

三

翌晩、ここのところご無沙汰だった岡っ引きの弁天《べんてん》富五郎がやってきた。

よせばいいのに杢平が右門の話をしはじめた。

富五郎は黙って聞いている。

返事がないので、李平は少し苛《いら》立《だ》った口調で訊いた。

「親分、どうしたらいいでしょうね」

「お侍のすることに口出ししちゃあいけねえ。俺たちからはばかばかしく見えても、お侍にはお侍の御法度《ごはっと》ってえものがあるからな。痩せても枯れても二本差している限り、その則《のり》に沿って生きるしかねえのさ」

「そんなもんなんですかねぇ」

李平は不満そうだったが、富五郎が話題を変えた。

だいぶ店内が賑やかになってきたところへ当の右門が入ってきた。いつに変わらぬ右門のひょうひょうとした姿を見て、清吉はじめ店にいた連中は安堵の溜め息をついた。

いつもの席に着いた右門はためらわずに嫁菜雑炊を注文した。

だが、雑炊はまだできていなかった。おさとがあちこち嫁菜を探し歩いたのだが、季節が早すぎるせいか、どうしても見つけることができなかったのだ。

清吉があやまると、右門は、

「いいんだ、いいんだ」

と手を横に振ったが、内心の落胆ぶりは飲み方でわかった。

常連たちとわざと明るく話す右門を見ていると、清吉はなんとしてでも嫁菜雑炊を作ってやりたくなった。

次の日も右門は《すずめ》にやってきたが、嫁菜入りの雑炊はまだなかった。

右門は相変わらず「いいのだ」と言っているが、「そうもいかねえ」と清吉は思うのだった。なぜなら、「追っ手に見つかってしまったかも知れない」と右門が言ったからだ。姿を見たわけではないが、気配を感ずるとのことである。これが並の者の言うことなら当てにならないが、二十年も逃げ回っている剣豪の勘なら間違いなかろう。

それを裏付けるように、遅れて来店した猫使いの大道芸人、煙の仲八が、

「変なのが覗いてやがったぜ」

と言って、外を顎でしゃくった。夜なのに菅笠《すげがさ》をかぶった旅姿の侍が《すずめ》の中の様子をうかがっていたとのことである。

右門は苦い顔でうなずき、脇の床几に置いてある大刀に手を掛けた。

お杉がその手を押さえ、首を横に振った。

李平が立ち上がり、

「ちょっくら厠《かわや》まで」

小声で言って、秘めやかに出口に向かった。

そっと格子戸を引いて、外を見る。右、左と首を向けた。

「いねえみたいだな」

清吉が言った。

李平がこちらを向いて首を横に振りながら戻ってきた。

「ちゃんと閉めなよ、ばかっ」

お杉が半開きの格子戸を閉めに言った。ついでに外を見て、

「降りそうだねえ」

と声までもが湿っぽい。

お杉が戻ってきた。

「ただの客じゃあないのかい」

誰にともなく言ったが、応ずる者はない。

《すずめ》は入るのをためらうような名店でもなければ高いわけでもない。また、名

のある人が出入りしているわけでもない。どちらかというと底辺をうごめいているような連中が多い。

まれには清吉の《最後めし》の噂を聞いて身分違いの者がやってくることもあるが、それは例外中の例外だ。

清吉は、煙の仲八が語る旅姿の侍に怯《おび》えた。右門を追ってきた敵に違いなかろう。今こうしている間にも、敵は右門を斬る機会を狙っているのであろう。右門は百も承知だ。それにもかかわらず逃げようとしないのは、嫁菜雑炊を食いたいがためだ。もちろん右門の本音は生きることに疲れ果てたからであろうが、それならそれで二十年間思い続けた嫁菜雑炊を食わせてやってから果たし合いに送り出してやりたいと清吉は思うのだった。

だがこの季節、嫁菜どころか土筆《つくし》もまだ出ていない。日当たりのよい場所で見かけるのは蕗《ふき》の薹《とう》くらいのものであろう。

それでも清吉はあきらめなかった。おさとには続けて嫁菜を探すよう命じ、自分は右門に娘が作ってくれた嫁菜雑炊の詳しい味を訊いてみた。

どうやら味噌仕立てらしい。米は搗米《つきごめ》ではなく三日三晩水に浸けて、充分に水を吸った玄米を使った。酒粕《さけかす》を少々入れたとのことである。

まずくはねえだろうと思わせる材料だった。

「暦《こよみ》の上じゃあもう春なんだよなぁ、鼓草《つづみぐさ》（タンポポ）が咲いてたぜ」

煙の仲八が言ったのを小耳にはさんだ清吉は、

「それはどこだい」

煮物の手を止めて訊いてみた。

仲八が言ったのは浅草は念仏堂裏に細長く続く百姓地の小高い丘の南斜面だ。その向こうには田んぼが広がり、真ん中に江戸の不夜城、吉原《よしわら》がある。

なるほどと清吉は思った。北風がさえぎられて、朝から夕まで日の光を浴び続けている場所ならば春が一足早くやってきたとしても不思議はないだろう。鼓草が咲いているなら土筆も、そして嫁菜も芽を出しているかも知れない。

「おさと、場所を訊いときな」

「ちょっとわかりにくい場所なんで、よかったら明日、おれが案内するよ」

仲八が言ってくれた。

「いやいや、そこまでしてもらうには及ばん。もう充分じゃ、わしはこの雑炊を食い納めにして旅立とうと思う」

深い意味を込めずに右門は言ったのかも知れないが、「旅立つ」という言葉は誰の胸にも深く沈み、口を重くした。

「さっ、飲もう、飲もう」

お杉が無理にはしゃいだが応ずる者はない。

「なんだよ、しけた奴ばかりじゃないか」

お杉の声ばかりが静まりかえった店内に響き渡る。

右門は周囲のことなどわれ関せず、冷えた雑炊をもくもくと食っている。

清吉の瞼《まぶた》に片羽斬られた蠅の姿がよみがえった。

四

「仲八さんと二人連れなんて、変な気分だねぇ」

「あいにくおれはうば桜は苦手でね」

「なに勘違いしてんだい、ばかたれ」

おさとが仲八を遠慮なくぶった。

冬晴れの朝、二人は田原町《たわらまち》三丁目の北側、俗に蛇骨長屋の脇をふざけあいながら歩いていく。仲八はいつもの仕事支度で、ふところには相棒の黒猫が一緒だった。おとなしい猫で、芸をするときと餌を食うとき以外はいつも眠っている。

おさとは軽装ではあるが一応旅支度で、荷の中には摘み取った草を入れるための麻袋が入れてある。

連なる寺社が途切れると、ちょうど昼時になった。

「あそこで食べようよ」

おさとがお椀を伏せたような丘の裾を指さした。そこなら北風を防げそうだ。

弁当は清吉が作ってくれた。竹籤《たけひご》を編んだ弁当箱に、大きな塩むすびが六つ、おかずは煮染めの残りと煮豆、分厚く切ったたくあんが四切れだった。

おさとは仲八にむすびを四つやり、自分は二つ食べた。

喉が渇いたので水を飲もうとしたが、あいにく竹筒は空になっていた。

「ちょっと汲《く》んでくるよ」

おさとは竹筒を持って、小高い丘に向かう。

途中で見かけた田んぼの用水路の水は澄み切っていた。ということは川から流れ込んだものではなく、近くに湧き水があるに違いない。

丘の裾伝いに歩いていくと、すぐに水源を見つけた。丘の裾からこんこんと湧き出ていた。

水を汲もうとかがみこむ。

「あっ、これは」

おさとは思わず声をあげ、湧き水の脇に見入った。葉が開いて間もない草に手を伸ばす。嫁菜だった。周囲を見渡すと、いっぱい生えていた。おさとは夢中で摘み取りはじめた。

「なにしてる」

後ろから仲八に声をかけられ、おさとはようやくわれにかえった。

返事は無用だった。仲八は両手に抱えきれないほど摘まれた嫁菜を見て、

「ほう」

と声をあげ、自分もまたしゃがみこんで摘み残しの嫁菜に手を伸ばした。

その手をおさとがぴしゃりとたたき、

「おまえさん、右門センセを殺そうってのかい」

厳しい顔で睨《にら》み付ける。

「なに言ってんだよ藪《やぶ》から棒に……」

「そりゃあ毒芹だよ」

「馬鹿言ってんじゃねえよ。これが毒なもんか、ただの芹じゃねえか」

仲八は強がって見せる。

「そうかい。じゃあ食ってみな」

「ああ、食ってやらぁ」

仲八は毒芹をひきむしると、口に押し込めた。

「ばかっ、なにすんだよ、死んじゃうよ」

おさとが叫ぶと、

「ぐえっ」

仲八が変な声をあげて派手に吐きだした。

何度も何度も唾《つば》を吐き、湧き水で口をすすいだが、一向にさっぱりしないらしく、泣きだしそうな顔をしている。

おさとは仲八のことなどほったらかして、両手いっぱいの嫁菜を抱え、ほくほく顔で入れ物を置いてきたところに戻っていく。

「おい、待てよ」

仲八は毒芹を蹴飛ばしてからおさとの後を追った。

「嫁菜、嫁菜と」

五

玄米は一昨日から水に浸してある。

酒粕も用意した。

嫁菜はたっぷりある。

清吉はいつも右門がくる時刻に合わせて雑炊を作りはじめた。芽が出たばかりの嫁菜は煮込むには柔らかすぎるので、炊きあがってからふんわりとのせるつもりだった。

今日は仲八が一番乗りだった。嫁菜雑炊ができたのなら食わせろと言ったが、清吉はことわった。みんなが食えるようたっぷり作っておいたが、最初は右門に食わせたかったのだ。

安息寺の和尚の弦哲《げんてつ》、菊之丞、お杉といつもの連中が入ってきた。にぎやかに話し込みながらも、誰もが入り口の方を気にしている。右門が入ってくるのを、今か今かと待ち受けているのだ。

だが待ち人は、木戸が閉まる時刻になっても、とうとうこなかった。

最後まで居残った仲八が、

「センセ、仇討ちされちまったのかなぁ」

ぽつんと言った。

「縁起でもないことを言うんじゃないよ」

おさとが叱る。

「逃げてくれたんならいいんだけどねぇ……」

菊乃丞がみんなの気持ちを代弁して言った。

本日はもう右門はこないとみて、清吉は雑炊を椀によそい、まずは世話になった仲八に出してやった。

仲八は椀を受け取り、箸を刺そうとして、

「あれ」

清吉の顔を見た。

「嫁菜はまだだ」

「大根葉の嫁菜雑炊か。まあいいや」

仲八はかっこんだ。

「どうだい」

「うめえ」

「だろう」

清吉はまんざらでもなさそうだ。

他の連中が次々と注文した。

おさとが縄のれんをおろしながら通りの左右を見て、

「センセ、どうしたんだろうねえ」

子供の帰りが遅い母親のような口調で言った。

「なあに、なにかあったんなら、地獄耳のお杉がだまっちゃいねえだろう」

「それもそうだね」

「きっと明日はきてくれるだろう。それまで嫁菜に藁《わら》でもかぶせておけ」

「あいよ」

おさとはときどき嫁菜に水を掛けていたが、それでもだいぶ萎《しお》れてしまった。これ以上水を掛けると凍り付く恐れがあるので、嫁菜の入った笊を藁で被《おお》い、竈《かまど》に近からず遠からずのところに置いた。

翌日の晩、何事もなかったかのような顔で右門がやってきた。

追っ手が迫っているというので、もっと憔悴《しょうすい》の色を深めているかと思っていたのだが、右門は意外にもさっぱりした顔をしていた。

逆に清吉の顔が曇った。右門がさっぱりした顔をしているのは、死ぬ覚悟が決まったからであろう。いくら斬られてやるつもりでも生身の人間だからなかなか決心がつかないのが本音だろうが、どうやら右門の腹は決まったようだ。最後めしを食ったら本気で討たれてやるつもりでいるのだろう。

それならば食わせたくないと清吉は思った。

「嫁菜雑炊はできたかな」

訊かれたときは胸に匕首《あいくち》でもつきつけられた気分になった。

「あいにく嫁菜が手に入らなかったもんで」と清吉は言うつもりだったが、その前に、

「嫁菜雑炊、待ってました」

仲八がよけいなことを言った。

清吉は渋い顔をしたが、

「さっき嫁菜をたっぷりぶっこみましたから、ちょうどいいころですぜ」

調子づいた仲八は気付かない。

右門が大鍋のほうに顔を向けて、大きく息を吸い込んだ。

「いい匂いだ、たまらん」

もうごまかすことはできない。清吉は覚悟を決めて鍋の蓋を開けた。雑炊の上にのせた嫁菜が鮮やかな色を残したまま、ほどよく煮えている。

清吉はしゃもじで雑炊をすくって椀によそい、その上に嫁菜を散らし、

「嫁菜雑炊お待ちどぉ」

右門の前に置く。

右門は両手で椀を取り上げ、顔に近付けて湯気を吸い込む。次に嫁菜を指でつまんで口に入れ、残り少ない歯で嚙んで味わい、うん、うんとうなずいた。

右門の一挙手一投足を見ていた連中までが、うん、うんとうなずいている。

右門はようやく雑炊を食べはじめたが、熱いので一気にかっこむことはできない。たとえ冷めていても、そうするつもりはないだろう。右門は一箸一箸、味わいながら食べている。その満ち足りた顔は、娘と暮らした平穏な昔に戻っているのであろうか。

「まだたっぷりありますよ」

清吉はお代わりをすすめたが、

「いや、もう充分じゃ」

右門は満足気に腹をさすった。

ガラッと格子戸の開く音がした。

「降ってきやがった」

羽織を払いながら入ってきたのは富五郎だ。

「雪かい」

お杉が訊くと、

「雨だ」

どういうわけか富五郎は今日は右門の隣へきた。

冷えた男が隣へきたせいか、右門はぶるっと身震いしたが、

「よかったら」

と自分の銚釐をさしだす。

「じゃ遠慮なく」

富五郎はおさとが素早く出したぐい飲みを受け取り、右門の酒を受けて、

「俺にも熱いのをくんな。それに、なんか見つくろってくれや」

清吉は嫁菜雑炊を椀に盛り、

「ほいよ」

と飯台に置いた。

「おっ、これが例の嫁菜雑炊か」

李平から右門の事情を聞いて嫁菜雑炊のわけを知っていた富五郎は、清吉と右門の顔を見比べてから箸を取り上げた。

粥と具を口にする。

「どう」

お杉が訊く。

富五郎は汁を少しすすってから、

「おらぁ酒粕は嫌《きれ》えだ」

と椀を置いた。

「もったいねえ。いらねえんならもらいますぜ」

李平が富五郎の椀を取り上げ、ずずっとすすり込んで、

「うめえ」

大声で言った。

それこそがみんなの待っていた返事だった。

次々と注文が入り、嫁菜雑炊はたちまち底を突いた。

ほとんどの者が「うまい」と言ってくれたが、中には世辞も混じっているだろう。

もちろん清吉も試食してみたが、びっくりするほどうまいものではない。熱いうちなら食えるが、冷えたのは食えたものではなかろう。右門がこの味を極上のものと感じるのは、娘との幸せな日々がくっついていたからであろう。

「お待ちどぉ」

おさとが富五郎に小芋の煮ころがしと銚釐を届けた。

「センセ、熱いところを一杯」

富五郎が先ほどのお返しをした。

「すまんな」

右門は酒を受け、うまそうにすすりあげる。

「よかったらこれもつまんでくだせぇ」

富五郎は小芋の煮ころがしの小鉢を右門の方に押しやる。

「染みるなぁ、五臓六腑に染み渡るとはこういうことじゃ」

右門はしみじみと言い、胸から腹をさすり降ろす。

富五郎はそんな右門に顔を寄せ、

「果たし状は届いたんですかい」

小声で訊いてみた。

右門はちらと富五郎の顔を見た後、ぐい飲みに顔を戻し、

「いや、まだだ」

つまらんことを訊くなというふうに言った。

「センセを仇《かたき》と付け狙っているのは宇佐藤一郎に間違いござんせんね」

「蛇の道は蛇って言いやすからね、ちいっとばかり調べさせていただきやした。あいつらは今、馬喰町《ばくろちょう》の末広という宿屋におりやす。助っ人は野良犬三匹、かなり腕の立つ奴等と見受けました。殺気立っているところからして、もうすぐやってめえりやす。今のうちにお逃げなせぇ」

声は低いが狭い店内のことだ、誰の耳にも届いたらしい。

「大変だよ、そりゃあ」

お杉が腰を浮かす。

「くわばらくわばら、あたしゃ巻き込まれるのはごめんだよ」

菊之丞が巨体を揺すって逃げ去った。

「センセ、よかったらあっしが裏道をご案内いたしやす」

仲八が声をかけると、

「よけいなお世話じゃ」

右門は温厚な顔のまま言い、酒に戻った。

「逃げなよセンセ、無駄死にすることはねえよ」

「なぜ知っとる」

杢平がむりやり右門を立たせようとすると、

「やめとけ」

清吉が口を出した。

「そうじゃ、やめておけ」安息寺の和尚、弦哲が口を添えた。「人生にはけじめを付けるときが必要なのじゃ。曾根崎さんは今がそのとき、仲八、杢平、邪魔するでないぞ」

言い終わる前に、格子戸が遠慮がちに開いた。

一同、一斉にそちらを向き、声もなく死神のような男を見つめる。襤褸《ぼろ》を身にまとった浮浪者であった。おまけに濡《ぬ》れ鼠《ねずみ》だ。震えながら、ただつっ立っている。

「なんだね」

清吉が声をかけた。

「頼まれた」

「誰に、なにを」

「曾根崎右門様はおるかね」

「わしじゃが」

右門がそちらを向いた。

「堀留町《ほりどめちょう》の杉森稲荷《すぎのもりいなり》で宇佐藤一郎が待っている。半刻以内にこなければすずめへいく。そう言えって頼まれた」

男が歯を鳴らしながら伝えた。

杉森稲荷ではときどき富籤《とみくじ》や草相撲が行われていることからしても、かなり広い境内を有している。果たし合いにはもってこいの場所であろう。

「承知」

右門は小銭を投げ与えてやった。

浮浪者は土間に落ちた小銭をかき集め、逃げるように去っていった。

「どうれ、そのときがきたようじゃ。みなさん、世話になりもうした。清吉、嫁菜雑炊うまかったぞ」

右門は刀を取り上げ、立ち上がった。

清吉は目を合わせるのが辛く、小さくうなずくにとどめた。

右門は腰に刀を差し、出口に向かう。

「ちょいとお待ちを」

おさとが呼び止め、提灯《ちょうちん》と傘を持たせてやる。

「かたじけない」

右門は皆に見送られて外に出た。

「いいのかい」

仲八が皆の顔を見回す。

「みんなで応援にいこうか」

杢平が助太刀でもしそうな勢いで言った。

「やめておけ。邪魔をするでない」

弦哲が止める。

「経の一つもあげてやるつもりはねえのかよ、和尚」

「成仏は己がきめること。これで良いのじゃ」

弦哲はうなずいた。

「あれっ、おやじは」

杢平が素っ頓狂な声をあげ、きょろきょろと辺りを見回す。いつの間にか清吉の姿が消えていた。格子戸が半開きのままだった。

「やだよぉ、開けっ放しで」

おさとが閉めにいき、外を見ている。

「見えるかい」

仲八が訊いたが、おさとは首を横に振った。心配そうに、いつまでも見ている。

店内ではお杉が右門の座っていた酒樽にじっと視線を据えて、

「その席、明日から空っぽなんだねぇ」

しみじみと言った。

「すぐに埋まるさ」

富五郎が言った。

「痛いだろうねぇ、斬られるってえのは」

お杉が言うと、皆が苦笑した。

「なにがおかしいんだよ、ばかっ」

お杉は皆を箸で斬ってあるく。それぞれが大袈裟《おおげさ》に斬られてやったが、その後、恐ろしい沈黙が訪れた。

雨音が激しくなった。

六

傘を雨が打つ。

冷たいのを通り越して痛いような雨粒だった。

清吉は一定の距離を保ちながら右門の後をつけていく。

気付いているのかいないのか、右門は鼻唄を唄いながら先をいく。酔いのせいか、足取りがかすかに乱れていた。

——こんなことになるなら飲ませるんじゃなかった……。

後悔の念が強い。しかし、飲んでいようが飲んでいまいが、結果は同じだろう。杉森稲荷では血に飢えた連中が殺気をみなぎらせて待っている。一方、右門は老齢だし、なによりも生に対する執着が落ちている。勝負になるまいと思われた。

おそらく右門が境内に一歩踏み込むと同時に勝負は付いてしまうだろう。連中は一瞬のうちに右門を斬殺し、首を斬って持ち去ることだろう。

——俺はなにをしようとしているのだろう……。

清吉は確かな目的があって店を飛び出してきたわけではなかった。気がついたら体が勝手に動き、右門の後を追っていた。

助太刀をするつもりは毛頭なかった。どちらに非があろうとなかろうと、町人が侍の世界に口出しすべきではないし、ましてや手出しなどすべきではない。

だが、もし相手が卑怯《ひきょう》なふるまいをしたら、

「卑怯」

と声を掛けるくらいはしてやろうと思っている。

死に方にもいろいろあるが、右門はせめて堂々とした立ち会いで終えてほしかった。前をいく右門の体が、もうすぐ二つに分かれるかと思うと、なんとも虚《むな》しい気持ちになる。首をなくした右門の体をほったらかしにしておくわけにもいかないだろう。

いつの間にか右門の鼻唄が止《や》んでいた。足取りもしっかりしたものになっている。

右門が立ち止まった。

あわてて清吉も立ち止まった。

なにをしているのだろう……右門は傘を畳《たた》んだ。提灯も消した。必要ないならば捨てればいいものを、どちらも小脇にはさんで、両手をふところに入れて再び歩き出す。

清吉はようやくその意味がわかり、大きくうなずいた。右門は刀を握るのにさしさわりのないよう、冷えた手を温めているのだった。

ということは、戦うつもりなのか。

先ほどの様子では、斬られてやるつもりのようだった。

歩いているうちに気持ちが変わったのか。

それとも形だけ戦うことにしたのか。

敵もさからわない者を斬ったのでは寝覚めが悪いだろう。敵への思いやりから、右門は形ばかり抵抗してみる気持ちになったのだろうか。

清吉の耳に、片羽を斬られた蠅の羽音がよみがえった。

あれは本物なのか、それとも偽物なのか、清吉は思案する。身過ぎ世過ぎのために大道芸などで培った技なのかも知れないが、もしかすると本当に強いのかも知れない。

だが、どんなに強くても勝てまいと思われた。年齢、気力、多勢に無勢、どれも力量を上回る劣悪な条件ばかりだった。右門の腕が確かならば抵抗は長引くかも知れないが、どれほどがんばっても結末を変化させるほどのことはあるまいと思われた。

できるなら心変わりして逃げてほしかった。いずれ捕まり、斬られるとしても、今ではなく、この場ではないところで殺《や》られてほしかった。

右門の足取りはますますしっかりしたものになっている。

雨のせいか通行人はほとんどない。

提灯を消したので、頼りになるのは常夜灯の灯りばかりだ。灯りが届かないところに入ると、すぐに闇が右門の体を塗りつぶしてしまう。

いったん消えた右門の体が再び見えはじめた。

思っていた所よりもずっと遠くにいたので、清吉はあわてて足を速めた。

後を尾《つ》けている者に気付いているのかいないのか、右門は脇目もふらず歩いていく。

常夜灯の前を過ぎて、またしても右門の姿が薄れてきた。

雨が小やみになってきている。

清吉は傘を閉じた。

右門はまだ傘と提灯を脇にはさんでいるようだ。さぞかし邪魔であろう。

清吉は追い付いて、それらを取り戻したい気持ちでいっぱいだ。

どちらも安物である。捨ててくれたらいいのに……何度思ったか知れない。

だが右門の律儀な性格からして、借り物を捨てることはできないのだろう。

右門は事が終わったら、それらを返すつもりで持っているのであろうか。死ぬつもりではなかったのか。

死んだら、どうやって持ち帰るつもりだったのだろう。

足のない右門が傘と提灯を返しにくる姿が瞼に浮かび、清吉は激しく首を振った。右門のことだ、返す宛てがなかろうと、賽銭箱《さいせんばこ》の脇にでも揃えて置くつもりだったのであろう。

清吉は苦笑した。右門と同じ立場ならば、自分もまた同じことをするかも知れないと思ったからだ。

清吉は、いらないから履き捨てにしてくれと言われた下駄を返したことがある。たとえ壊れている物でも、借りるのと貰うのでは意味が違う。相手がどう思うかではなく、これは生き方の問題だろう。

よくあれで生きてこられたな……清吉は右門を讃《たた》える。二十年間も逃亡生活を続けてきたのだ。おちついたと思ったら、また逃げる。その繰り返しだったのだ。投げやりな生活になっていたとしても咎《とが》めることはできないだろう。だが右門は人目を避けながらも己を律し、精一杯誠実に生きてきた。

その結末がこれとは情けない……清吉はできるものなら助けてやりたい。

そもその右門は少しも悪くないのだ。悪いのは宇佐平六ただひとりである。

だが右門が平六を斬ったことにより、無限の殺戮《さつりく》が始まってしまった。

右門は追っ手を何人も斬ったと言うが、斬られた連中は少しも悪くないのだ。ただ武士の掟《おきて》に従って右門を追ってきたに過ぎない。右門を斬らない限り、彼等は元の場所に戻ることができないのだ。誰が悪いと問えば、武士の掟が悪いとしか言いようがないだろう。

右門は温厚な性格だ。何事もなければ刀など抜かずに一生を終えたことだろう。それが、戦でもないのに心ならずも刀を抜くはめになり、数多《あまた》の命を奪ってしまった。

右門は今、その償いをしようとしているのかも知れなかった。

常夜灯がないにもかかわらず、右門の姿がぼうっと浮かび上がった。

見上げると、雲の割れ目から薄い月光が射していた。

月光にさらされた右門の姿は、すでに死者のようであった。

歩く死者は脇目もふらずに杉森神社に向かう。

清吉が顔を上げると、前方に神社の森が黒々と浮かび上がる。

取った。

右門に、そして敵に気付かれてはならない。清吉は追い足をゆるめ、さらに距離を

杉の巨木の梢《こずえ》が、あるかなきかの風にざわめいている。

右門が森の中に踏み込んだ。

たちまち剣戟《けんげき》の響きが聞こえるかと思ったが、風の音しか聞こえてこない。

清吉は足を速めた。

鳥居の陰から境内を覗いてみると、右門が賽銭箱の前にいた。思った通り提灯と傘をその脇に置いて、狐の置物に両手を合わせている。

清吉は瞳を凝らして周囲の闇の中をうかがったが、敵が潜んでいるのかいないのか皆目わからなかった。

しかし、右門は気付いているだろう。飛んでいる蝿の羽を切るほどの腕前ならば、当然敵の気配に気付いているはずである。

だが、あれが単なる芸だったならばどうだろう……一抹の不安がよぎるのである。

清吉は境内に一歩踏み込むべきかどうか迷った。下手をすれば斬られる。

「いいかげんに出てきたらどうじゃ」

いきなり右門がどなった。

清吉は自分が言われたのかと思って一歩踏み出しかけたが、すぐに勘違いであることがわかった。右の灌木《かんぼく》の茂みの中からにじみ出すように武士が現れた。向こう側の森の中からもふたり、現れた。社の後ろからふたり、清吉の近くの大木の陰からもひとり出てきた。

清吉は鳥居に張り付いて、じっと見守る。

襷《たすき》掛けに鉢巻をしているのが宇佐藤一郎だろうか。

右門が彼の立場にずいぶん同情しているので、見るからに弱々しい男かと思っていたら、偉丈夫と言ってもいいような逞《たくま》しい男であった。

他は、弱っている者があれば容赦なく襲いかかる野犬の群れのような連中である。まだ誰も抜いていないにもかかわらず、殺気がここまで届いた。

それを右門はどう受け止めているのだろう。

「おぬしが藤一郎殿か」

右門が襷掛けの大男に訊いた。

「曾根崎右門だな」

藤一郎が応じた。

「いかにも」

右門は大きく首肯した。

「宇佐俊造の一子藤一郎じゃ。平六を始め、一族の仇を討ちにまいった。いざ尋常に勝負せい」

藤一郎の割れ鐘のような声が境内に響き渡る。塒《ねぐら》に就いていた鴉《からす》が目を覚まし、ぎゃあぎゃあと悲鳴のような声で鳴いた。

「経緯《いきさつ》は知っておるな」

「聞く耳持たぬわ。抜け」

「老いさらばえた痩せ犬一匹斬るのに、これほどの人数が必要か」

右門は浪人たちを見回す。

「命乞いでもしたくなったか」

「したら、どうするつもりじゃ」

「斬る」

「斬れるかな」

その一言を挑発と取ったのか、

「おのれ曾根崎」

叫びつつ藤一郎が刀を抜いた。月光を浴びて長めの刀身が不気味に光る。

藤一郎に続いて浪人どもが次々と刀を引き抜いた。

一人だけ抜かないのがいた。社の裏から出てきた長身の奴だ。葉の付いた小枝をくわえ、ふところに手を入れたまま、関心なさそうな顔で成り行きを見守っている。

一見してやさ男であるが、あいつが一番危ないかもしれねえと清吉は思った。

「抜け」

藤一郎が裂帛《れっぱく》の気合いを込めて言った。

「わしはもう斬りたくない」

右門は弱々しく首を振る。

態度とは裏腹に恐ろしい言葉であった。「もう斬りたくない」という言葉の裏には、数多の死体が横たわっている。それらはすべて藤一郎にかかわりのある者たちである。

次々と帰ってくる死者たちを、藤一郎はどんな気持ちで迎えたのであろうか。

なんと二十数年、そのようなことが繰り返されたのである。二十年前といえば、藤一郎はほんの子供であったはずだ。しかしながら親戚が次々と死者となって帰ってくるのを見るにつけ、いずれは自分もと思ったことがあるかも知れない。藤一郎は二十数年の人生の大半を、仇討ちを念頭において成長したことになる。無残であった。

藤一郎が己の運命を断ち切るように刀を振ると、ひゅんひゅんと妖《あや》しい音を立てて空気が切り裂かれた。素人目にも鋭い太刀さばきであることがわかる。右門を斬るには藤一郎一人で充分だろう。

「やれ」

藤一郎は浪人たちをうながす。

「おう」

ひとりが応じて右門に斬りかかる。右門はわずかに体を開いてやり過ごす。右門は浪人と立場が入れ替わっただけで、何事もなかったかのような顔で立っている。

浪人が今度は後ろから斬り掛かった。右門はまるで背中に目があるかのように、わずかに体を右に開いた。空振りした浪人が前にのめる。次の瞬間、右門が背を斬った。

浪人が驚いてふりむく。

右門は空振りしたのだろうか。

「おい、背中」

他の浪人が指摘する。

斬られた浪人は背を見ようとするが見えず、子犬のように同じところをぐるぐる回る。

清吉には見えた。浪人の着古した袷《あわせ》の背がぱっくりと切れて肌が露出しているのが……しかし、血は見えなかった。

斬り損じたのか。

それともわざと浅く斬ったのか。

答えはすぐに出た。今度は浪人ふたりが同時に斬りかかっていったが、右門は余裕を持ってかわし、ふたりをほぼ同時に斬った。ひとりは袖を斬られ、もうひとりは髷《まげ》を切られ、狼狽《ろうばい》している。

「一つしかない命だ。大事にせい」

右門が背後から言った。

まだ一人も命を落とした者はいないにもかかわらず、浪人たちは浮き足立ち、遠巻きに右門を取り囲む。

浪人たちの胸裏を去来するものはなんであろうか。いずれも金で雇われた者たちであろう。老いさらばえた逃亡者ひとりを斬るくらいわけもないと思って引き受けたのであろう。ところがここへきて、算盤《そろばん》の合わないことに気付いた。果たして前渡し金は命を賭けるほどの額だったであろうか。

早くも見切りを付け、後退し始めた者もいる。

「ふふふふふ」

笑っているのは葉っぱをくわえ、ふところに手を突っ込んだままの背の高い浪人者である。

「おぬし、なにがおかしい」

右門がおだやかに訊く。

「見事な芸を見せてもらった、ふふ」

浪人は右門の剣さばきをせせら笑う。

「芸」

「蟇《がま》の脂売りと同じようなものだろう。おぬし、大道芸が長かったようじゃな」

どうやら浪人は清吉と同じ疑いを抱いたようだ。

「ばれたか」

右門は悪びれず頭を掻いた。

「そんなまやかし、俺には通用せんわ」

浪人は自信たっぷりだ。

「試してみるかね」

右門もまた余裕を持って応じた。

「笹崎、油断するな」

藤一郎が鋭く言った。

いつまでも抜かない浪人の様子を見て、右門が訊いた。

「おぬし、居合いか」

「さよう」

「それはけっこう。わしもいささか居合いを心得おる。どうじゃ、抜き打ちで決着をつけぬか」

「おもしろい」

「間合いは三尺、早い者勝ちで雌雄を決めよう。どうじゃ」

「承知」

「では……」

ふたりは刀を鞘に納めると、双方から距離を詰めていった。途中で鍔元《つばもと》を握り、刀身の揺れを抑える。

清吉はどちらが先に抜くか、固唾《かたず》を呑んで見守った。

だが、ふたりは約束を守った。三尺の距離まで抜かず、腰を落として構え合った。

「先に抜け」

「そちらこそ」

互いに譲らず、呼吸を計る。

見ている方が息苦しくなってきた。

勝負は一瞬だった。

ふたりの体が密着したと思ったら、浪人の体がずるずると右門の体を滑り、まるで骨をなくしたかのように右門の足元に崩れ落ちた。

斬られたわけではなかった。先に抜こうとしたのは浪人の方だったが、抜き切らぬ前に右門がふところに飛び込み、鳩尾《みぞおち》に拳《こぶし》を埋め込んでいたのだ。

あの苦しさはやられたことのある者でなくちゃあわからねえな、と清吉は思う。鳩尾を殴られた途端に息ができなくなり、鈍痛が腹全体に広がっていき、たちまち手足が萎《な》える。しばらくの間、死んだように動けなくなるのだ。

一番危険な相手を倒したことにより、右門の体に一瞬の隙《すき》が生じた。

藤一郎が無言で、斜め後ろから袈裟懸けに斬り下ろす。

早すぎて、清吉には右門が抜いたのが見えなかった。刃のかち合う鈍い音がして、薄闇の中に火花が散った。

双方、パッと離れる。

「わしはおぬしに斬られてやりたい」

右門がぽつりと言った。

「死ね、死んでくれ」

藤一郎がつっかける。いずれも鋭い切っ先である。だが右門は、紙一重でかわした。

「斬られてやりたいのだが、嘆かわしいことに体がいやがっておる」

「死ね、死ね、死ねぃ。貴様が死なねば儂《わし》は生き返らぬのじゃ。頼む、死んでくれい」

藤一郎の全身全霊を賭けた剣が襲う。

「わしは疲れた。生きるのに真底疲れたよ。よってこの皺首、おぬしにくれてやりたいのだが、なんとしてもこの手が、この足が、死ぬのはいやじゃ、生きたいと申しておる」

右門の老いた体は本人の意に逆らってほんの少しの動きで剣を避ける。次々と襲いかかってくる剣難の中を長年生き抜いてきた獣の体さばきであろう。

腕に差があるというよりも人を斬った修羅場をくぐり抜けてきた違いであろうか。

藤一郎はもう一歩が足りない。

右門のいなしはあまりにも鮮やかである。

清吉は右門が本気で斬られてやるつもりでいるのかどうか疑わしくなってきた。

「あっ」

藤一郎が声をあげた。額を浅く切られたのである。

今まで右門はかわすばかりで反撃はしなかった。今初めて、かすめるようにではあるが斬った。

翻意したのか……清吉は小さく首を横に振る。右門の足元が乱れているのに気付いたからだ。どうやら藤一郎の剣をかわすゆとりがなくなり、思わず剣が出たというのが真相であろう。

それをきっかけに右門は剣で受け、軽く反撃するようになった。だが右門もまた無傷ではいられなくなった。まるで残酷な遊戯でもしているかのように、互いの傷が増えていく。

不意になにも見えなくなった。雲が月を閉ざしたのだ。

七

それから半刻後のことである。

着替えてこざっぱりした清吉は、煮物の味見をしている。

「仇討ちじゃあ、首は塩漬けだな」

富五郎の言葉に、

「やめておくれな」

お杉は耳をふさいだ。

清吉の瞼には、首を失って倒れている右門の姿が浮かんだ。あの後も暗闇の中で斬り合いは続いていた。永久に続きそうな気がしたので、清吉はおしまいまで見届けずに《すずめ》に戻ってきたのだ。ほぼ全員が結果を首を長くして待っていたのに、清吉はなにも言わずに奥へいってしまった。

しばらくして着替えて戻ってきたが、

「まだやり合ってるよ」

ぼそっと言うと、それきり煮物に没頭しているふりをしている。

「南無阿弥陀仏」

弦哲が合掌した。

「よしなよ、縁起でもない」

お杉が止めようとしたが、李平に続いておさとまでが合掌した。

清吉もあやうく両手を合わせかけたが、かろうじて揉《も》み込むにとどめた。だが刻が経《た》つにつれて、右門が生きて帰ってくるとは思えなくなってきた。

重苦しい刻が流れていく。

「もう終わったかな」

杢平がつぶやいた。

応じる者はない。

「そろそろ片が付いたんじゃねえかな」

「気になるんなら見てこい」

弦哲が言った。

「いっておいで」

お杉にうながされ、

「それじゃあ、いってくらぁ」

杢平は徳利を握った。

「どうすんのさ」

「末期の水代わり。センセにはこっちの方がいいと思ってさ」

「持っていっておやり」

店内の全員が杢平の後ろ姿を見送る。

やがて誰からともなく献杯でもしようということになり、清吉がおごりの酒を回した。全員に行き渡り、いざ献杯というところで、静かに格子戸が開いた。

皆の首がそちらを向いた。

入ってきたのは襤褸《ぼろ》雑巾のようになった右門だった。刀もなければ髷もなく、古い袷のあちこちが裂けて中の綿が飛び出している。しかも血まみれだった。

皆はぽかんと口をあけて、言葉もなく見守っている。

右門が前にのめりかけたのを、仲八が飛び付くようにして支えてやった。肩を貸し、いつもの席まで連れてくる。

「センセ、気をしっかり持つんだよ。仲八、おまえの知っている藪を連れておいで」

お杉があれこれ指図する。

「待て、医者はいらぬ。それより熱いのをくれ」

右門はお杉を制し、泥だらけの手を伸ばした。

「センセ、ほらよ」

富五郎がぐい飲みを握らせてやる。

「冷めちまったけど」

清吉が注いでやった。

右門は一気に飲み干し、

「はぁ、生き返るようじゃ」

とうれしそうでもなく言った。

富五郎が右門の体を診《み》て、首をかしげた。

「どうした」

清吉が訊く。

「かすり傷ばかりだ」

「どういうことだい」

酒を注いでやりながらお杉が訊いた。

飲み干してから、右門がしみじみと言った。

「生きるということは罪深いものじゃのぅ……」

そして清吉が見た後の出来事を、己に言い聞かせるように語った……。

斬り合いが延々と続き、やがて双方とも動けなくなった。右門は息が苦しくて、そして藤一郎は右門に浅く斬られた箇所が増えて、とうとう刀を振り回すことができなくなったのだ。

そのまま刻を稼げば右門が勝ったであろう。だが斬られてやるつもりでやってきたのだから、それは右門の本意ではなかった。意に反して体が生きたがり、剣を避けてしまったのである。そして、戦っているうちにいつの間にか斬られてやる気が失せていった。だからといって返り討ちする気もなれず、中途半端な戦いが終わることなくだらだらと続いた。

ここで宇佐藤一郎を見逃せば、傷が癒えればまた追ってくるだろう。藤一郎が倒れても、他の者が追ってくることだろう。己は永久に逃げ続けることになるだろう。今までの繰り返しならもうたくさんだ。

息がじょじょに治まってくると、何事か決意した右門は、いきなり己の手で髷を引き切り、藤一郎の前に放り出した。

右門の意図がわからず呆気《あっけ》に取られている藤一郎の前に、右門は大刀まで放り投げ、静かに言った。

「それらを持って故郷《くに》へ帰り、見事仇討ち本懐を遂げたと報告しろ。刀にはわが家の紋が打ってある。それを見せれば信用するだろう」

右門は藤一郎の返事も待たずにきびすを返し、よろめきながら歩き出した。後ろから斬られるかと思ったが、迫る足音はなかった……。

右門が語り終えると、清吉が煮え立つほど熱い銚釐を持ってきて、富五郎に注いでやりながら訊いてみた。

「親分、今ので仇討ちは成り立つかい」

「及ばずながら弁天富五郎、右門センセのためなら一肌脱ごうじゃねえか。後はおれに任せておきな」

富五郎は胸をたたいた。

「いい男がだいなしだよ」

お杉が濡れ手拭いで汚れきった右門の顔を拭いてやり、ざんばら髪をまとめて、衣服をととのえてやると、なんとか見られる格好になった。

「みなさん、献杯はまだだったのではないかな」

弦哲が言うと、

「こうなったら祝杯にしようよ」

お杉が訂正する。

「いや、献杯にしてくだされ」

と言ったのは右門本人だ。

おさとが皆のぐい飲みに酒を注ぎ足し、清吉と自分の分にも注いだ。

お杉にそそのかされて清吉がぐい飲みを取り上げ、静かに言った。

「それじゃあ、昨日までの曾根崎右門センセに献杯」

陽気な献杯が続いた。

右門は残りの嫁菜雑炊を肴に、ちびりちびりと飲んでいる。

第三話　お茶の味

一

《すずめ》の格子戸をそっと開け、見知らぬ顔が覗き込んだ。

「らっしゃい」

清吉が声をかけると、男がおずおずと入ってきた。振り分け荷物を肩にして、手には菅笠《すげがさ》を持っており、月代《さかやき》がだいぶ伸びて毬栗《いがぐり》のようになっている。日に焼けて皺《しわ》も多いので歳がわかりにくいが、身のこなしなどから見ると四十前だろう。丸腰なので、やくざ者ではなさそうだ。

居合わせた客たちが胡散臭気《うさんくさげ》にそちらを見る。

「あのう、ちょっとお尋ねしますが……」

おずおずと男が口を開いた。

「なんですか」

盆を持ったまま、おさとが訊く。

「間違っていたらごめんなさい」

「だから、なんなんですか」

おさとは少し苛立《いらだ》った口調になった。

「こちらでは客の注文に応じて、どんな料理でも作ってくれると聞いたもんで……」

「高級なものはできないけど、おふくろの味とか、そういうものなら作れるかも知れないよ」

清吉が煮物の手を止めずに言った。

男の顔がほころんだ。

さいわい板場の近くの席が空いている。おさとが男をそちらへ案内した。

男は両隣の客に会釈し、荷物を足元に置いて、伏せた酒樽に腰掛けた。

「冷やでいいかい」

男は手を横に振り、

「おれは酒の方はてんで……」

「じゃあ、食い物は」

男は板場と客とを仕切る見世棚を端から端まで見ていく。

見世棚には、刻みするめ、焼き豆腐、こんにゃく、くわい、れんこん、ごぼうの類《たぐい》を醤油で煮染めたものが大井に盛ってあり、その他、煮魚、田楽豆腐、煮豆などが、それぞれ丼に山盛りに盛ってあった。

「これとこれとこれ」

男は煮染めと煮魚、それに木の芽田楽を指さした。

清吉は注文の品と一緒に茶を出してやる。

男は旺盛な食欲で煮物を食う。

食欲旺盛な客は見ているだけで気持ちがいい。思わず清吉の口元がほころんだ。

逆におさとの目元がきつくなった。こんなにがつがつ食らうのは、まともなものを何日も食っていない無宿者が多い。ただ食いで居直られたことがあるので用心しているのだった。

男は茶を飲んで、

「ああ、うめえ」

感嘆の声をあげた。

「安い茶だけど」

清吉は苦笑して、改めて男を見る。がっしりした体つきをしていた。長年体を使う仕事をしてきたに違いない。

「あんた、椋鳥《むくどり》かい」

後ろの床几で飲んでいた口入れ屋のお杉が声をかけた。

「へえ、まあそんなもんで……」

男は振り向いて返事をした。

椋鳥というのは信濃、越後、上野《こうずけ》あたりから出稼ぎにきている人たちを指す。江戸で半季の仕事を終えて故郷に帰るところが椋鳥の習いに似ているところからきた呼称であろう。

たいていは《荒稼ぎ》といって単純な労役である。半季で一、二両稼ぐのが相場であった。贅沢をしたり、博打でもすれば、あっという間になくなる金額である。だが、この男は堅く小金を貯め込んでいそうだ。

「そうかい、それはご苦労さんだったねえ。故郷はどっちだい」

「信州は上田の先の、ちっちゃな村でございます」

「家族が首を長くして待ってるんだろうねえ」

「半年見ねえうちに、子供たちの背丈が見違えるほど伸びているんで、いつも驚かされます」

男は目を細めた。

「子供さんは何人いるんだい」

「五人です」

「大変だけど、働き甲斐があろうってもんだ」

「へえ、鳶《とんび》の子は鳶ってわかっちゃあいるんですが、ときたま、もしやこいつは鷹になるんじゃねえかなんて夢見ることもありまして、親馬鹿ですねえ」

男は自嘲《じちょう》気味に言った。

ちょうどそこへ岡っ引きの弁天の富五郎が入ってきた。お気に入りの隅の席に座る。

清吉はおさとが注文を取っているのを横目で見ながら、

「それでおまえさん、おれになにを作らせたいんだね」

思い出したように男に訊く。

「あっ、これはとんだ無駄話を」

男はぺこぺこと頭を下げた。

「いいから言ってみな」

「それが食い物じゃねえんで……」

男は伸びた月代と無精髭を交互に撫《な》でながら、もじもじしている。

「もったいぶらないで、早くお言いよ」

お杉にうながされて、

「お茶なんです」

男は申し訳なさそうに特別な茶の話を始めた。

二

今から半年ほど前のことである。

信州の百姓忠治《ちゅうじ》は、仲間の三太と神田川の昌平橋辺りで土木工事の下働きをしていた。

その日は朝から雨で仕事は休みだった。

こちらに落ち着いてひと月、少しまとまった銭が入ったので、たまにはうまい昼飯でも食おうということで、ふたりで適当な店を探すことにした。

ふたりが見つけたのは内神田の豊島町三丁目にある《梅村》という料亭である。店の前に出してあった見本には、ほどよい値段が付いていた。

だが、店に入ってすぐに逃げ出したくなった。やはり場違いであった。店の備品も立派ならば、客たちも上品というか、金持ちばかりのように見えた。仕事着こそ着替えてきたが、いかにもみすぼらしい風貌、身なりの自分たちが立ち寄るところではないように見えたのである。

踵《きびす》を返しかけたふたりだったが、

「いらっしゃいませ。こちらへどうぞ」

仲居に半ば強引に席に案内されてしまったので、引くに引けなくなった。

ふたりは冷や汗をかきながら、腰をかがめて指定された席まで進んだ。

いつもふたりが飲み食いしているのは煮売り屋か、せいぜい《すずめ》程度の安い居酒屋であり、料亭などというのは武家屋敷と同じくらいふたりにとっては入りにくい建物であった。

ふたりは慣れない座敷に導かれた。座敷と言っても屛風《びょうぶ》などの仕切はなく、左右はもちろんのこと、奥まで見通せた。

注文を訊かれて、

「どうする」

「どうしようか」

ふたりは途方に暮れた。字が読めないわけではないが、品書きにはふたりが見たことも聞いたこともないような品々が書かれていたのである。

おそるおそる仲居の顔を見ると、あからさまに馬鹿にした顔をしている。

早く注文しないといけないと思うとますます迷い、なかなか決めることができない。

それならば、これはどういうものかと訊けばいいのだが、ささやかな見栄が邪魔をしてそれもできない。

「早くしてくださいな」

仲居に急《せ》かされてますます焦ったふたりは恐縮するばかりだった。

やがて忠治は、エイヤッとばかり適当な品を指さし、おそるおそる仲居の顔を見上げた。意地の悪そうな仲居は、にやっと笑い、

「本当にそれでよろしいんですか」

嘲《あざけ》るように訊いた。

とんでもないものを指さしてしまったのかも知れないと思い、忠治は焦った。味がとんでもないのか、それとも値段がとんでもないのか、それすらわからない。

「いや、これは取り消して、こっちのにする」

忠治はまたしても適当な品を指し、仲居の顔を見る。

「本膳ですね」

仲居に念押しされるとまた迷いが生じ、すがるように三太の顔を見た。

「それはやめとけ。こっちのにしよう」

三太は一番端の品書きを指さした。

「茶懐石ですか」

「いや、こっちの方がいいかも……」

ふたりの指はなかなか定まらない。

仲居がいらいらと体を揺すって催促している。そのとき、

「もし」

いきなり奥隣の席の女が声をかけてきた。歳の頃は二十三、四、美人とは言えないながらも、いかにも気さくな感じのするお嬢さんだった。

「これが今日のおすすめなんですって、とてもおいしいですよ」

お嬢さんは今自分が食べているものを手で示した。膳の上には魚の煮付けと酢の物などが並べられている。

「へえ……」

忠治と三太はうなずいて、そちらの膳と品書きを見比べた。

すると、わざわざお嬢さんがこちらの席までやってきて、

「これです」

と品書きを指さしてくれた。

忠治は三太の顔を見る。三太がうなずいたので、

「じゃあ、これを二つ」

忠治はおずおずと注文した。

「ごゆるりとどうぞ」

仲居はつっけんどんに言って立ち去った。

「おかげさんで助かりました。どうもありがとうございます」

ふたりはお嬢さんに深々と頭を下げた。

「大きな声では言えませんが、こちら様がさっき指さしたのは目の玉が飛び出るほど高いお品です」

お嬢さんが声を潜めて言った。

忠治は、ふーっと溜め息をつき、

「おかげさまで命拾いしました」

胸を撫で下ろした。

大袈裟な、とでも思ったのだろう。お嬢さんは口に手を当てて笑った。

「こういうお店は初めてですか」

「へえ、江戸の土産話に、たまにはこんな店にも寄ってみようかと思いまして」

「どこで働いてらっしゃるんですか」

「昌平橋辺りの川普請をやっております」

「大変ですねえ、故郷はどちらですか」

故郷の話になると、急にふたりの目に精気がよみがえり、饒舌《じょうぜつ》になった。

お嬢さんはうなずきながら話を聞いてくれて、おまけに茶まで淹《い》れてくれた。

「どうぞ」

と差し出されるまで、忠治はこの店では茶を自分で淹れることになっていることに気付かなかった。注文する品を選ぶのに夢中で、それどころではなかったのだ。

ふたりは礼を言って湯飲み茶碗を取り上げた。

「そのうまかったこと……こちらの茶もうめえけど」

忠治が下手な世辞を言った。

「うちのは粉茶だよ」

清吉が素っ気なく言った。

「そのお茶がそんなに飲みたいんだったら、もう一度その店へいけばいいじゃないか」

お杉が言うと、

「実は一昨日いってみました……」

　忠治は三太とふたりで《梅村》にいってみたそうである。前に入ったことがあるので、今度は落ち着いて半年前と同じ料理を頼み、自分たちで茶を淹れて飲んでみた。

「それが……」

　忠治は首を横に振り、うなだれた。

「まずくなってたのかい」

「うまいことはうまいのですが、あのときの味とはどこか違うんです」

「そりゃあそのお嬢さんとやらに淹れてもらったからじゃあないのかい」

「それもあるかもしれませんが、あのすっきりした味はそれだけじゃないと思うんです。ばかばかしいと思われるでしょうが、故郷へ帰る前に、どうしてもあのときのお茶をもういっぱい味わってみてえと思いまして……」

「あんた、梅村に訊いてみなかったのかい、半年前と同じお茶っ葉を使っているのかどうかってさ」

　忠治は首を横に振った。

「無理もないよ、前にそんな扱いをされたんじゃねえ」

おさとが助け船を出した。

「それにしても、どんな味だったのかねえ」

お杉が《すずめ》の安い茶を飲みながら言った。

「とても香りがよくて、ふくよかで……」

「まるでお茶を淹れてくれたお嬢さんみたいにかい」

お杉がからかうと、忠治の赤銅色の顔がいっそう赤黒くなった。

「一昨日の茶はどんなだったんだい」

清吉が訊くと、忠治は考え込んだ。

しばし待ってみたが忠治の口は一向に開かない。たぶん言葉ではうまく言い表せないのだと思って、

「もういいよ」

清吉は勘弁してやった。

「やっぱりこちらでお頼みできるのは食い物じゃなくてはだめでしょうか」

「おまえさん、今すぐ故郷へ帰るわけでもねえんだろう」

「へえ、二、三日はこちらにおります」

「じゃあ、おしまいの日にもう一度ここへきてみな。それまでにいくつか種類の違う茶っ葉を用意しておくからさ」

「無理を言ってすいません」

「おめえ、今晩はどうするんだ」

少し離れたところで呑んでいる岡っ引きの富五郎が訊いた。

「へえ、近くに木賃宿をみつけときましたんで」

「かなめ屋か」

「へえ」

「道中、ひとりか」

「それがなにか」

「せいぜい気をつけるんだな」

「なんだよ、その言い方は。まるでなにか悪い事が起こるみたいじゃないか」

お杉がとがめると、

「少々気になることがあってな……」

「なんでしょう」

忠治が心配そうに身を乗り出す。

「言いたかねえが言っといた方がいいだろう」

「なんだよ、もったいぶりやがって。さっさと言いなよ」

お杉が急かす。

「去年の今ごろ、おれは大宮宿の先でいやなものを見ちまった」

「なんだよ、いやなものって」

「椋鳥の死骸さ」

「鳥の方じゃなさそうだね。行き倒れなら、あたしも見たことがあるよ」

「行き倒れなんかじゃねえ。めった斬りの死体《おろく》さ」

「いやな話をしないでおくれ。せっかくのお酒がまずくなっちまったじゃないか」

お杉はわざとらしく体を震わした。

「なんでまた親分が大宮宿なんかに」

棒手振りの杢平が訊いた。

「おれの縄張内《しまうち》で働いていた椋鳥が大宮宿の先でやられてるんで、もしまたなにかあったら知らせてくれるよう親父の知り合いの目明かしに頼んでおいたのさ」

「それで」

お杉が先をうながす。

富五郎が大宮宿の甚三親分の家を訪ねると、子分が現場まで案内してくれた。

三

街道沿いの雑木林の前で六尺《ろくしゃく》の甚三が待っていた。武士相手の駕籠《かご》かき上がりなので、そう呼ばれているのだった。歳は五十前で、ガキの頃にわずらったはやり病のせいで顔はあばただらけだが、なかなかの人物だ。

久しぶりに会ったのだが挨拶もそこそこに、甚三が経緯を話してくれた。死体が見つかったのは昨日、見つけたのは薪《たきぎ》拾いにきた百姓とのこと。すでに検視は終わっていたが、富五郎のために遺体を片付けもせずに、見つけたときのままにしておいてくれたとのことだ。

「ありがてえ」

富五郎が感謝の言葉を述べると、

「こっちだ」

甚三がさっさと林の中に分け入った。富五郎は後を追う。

たちまち暗くなった。良く晴れた日だったが、雑木林の中に入ると急に冷え込み、寒いくらいだった。

「そこだ」

甚三が灌木《かんぼく》の茂みを顎《あご》で指し示した。何度もかきわけられたのだろう、灌木は左右に押し広げられている。

「誰だ」

灌木の向こうから声がかかった。

「おれだよ」

甚三がのんびりした口調で答えると、灌木の向こうで溜め息が漏れた。

「びくびくしやがって」

小声で言って、甚三が灌木の中に分け入る。後から富五郎が続いた。

灌木の向こう側は少し開けた場所になっており、そこに背の高い若い武士と、小柄な中年男が立っていた。

甚三がまずは富五郎を紹介した。

「よろしくお願いいたしやす」

富五郎は深々と頭を下げた。

若い方は代官所の役人で田所と言う。中年男は田所の部下で、上尾と名乗った。

田所は上司から死体の見張りを命じられ、かなり前から立哨《りっしょう》していたとのことだった。死体が怖いのか、それとも殺した連中が戻ってくるのが怖いのか、田所はずいぶん怯《おび》えているように見えた。だが富五郎が己と同い年くらいであるのを見て、安心したのか、侮ったのか、急に肩の力を抜いた。

「そこだ」

田所が死体のある方を顎でしゃくった。

大木の根元に筵《むしろ》で覆われたものがあった。そのこんもりとした盛り上がりは人体特有のものである。

上尾が先に立ち、死体のかたわらに片膝突いて富五郎の到着を待つ。

富五郎がその前に立つと、慣れた手つきで筵を剝《は》いだ。

「ほう」

富五郎は思わず声をあげた。

死体を見慣れているはずの富五郎でさえ、思わず声を漏らすほどのむごたらしさであった。しかも素裸である。

「衣類は」

「近くにぶっちらかっていたのを、それ、そこに」

甚三が一カ所を指さした。

襤褸屑《ぼろくず》のようなものが積み上げられている。

富五郎はそっとつまみあげてみた。ズタズタに切られ、血糊《ちのり》で固まった袷《あわせ》だった。元の縞《しま》が消えるほど血と泥で汚れていた。

褌《ふんどし》まであったので、富五郎がいぶかしがると、

「そこにも隠してあるんじゃねえかと思って引き剝がしたんだろう。ひでえことをしやがる」

甚三が苦い顔で首を横に振る。

富五郎は死体に目を戻す。傷は浅いのもあれば深いのもあるようだ。

「どう診るね」

甚三が試すように訊いた。

「腕の立つ奴が一刀両断したわけじゃなさそうだ。少なくとも三、四人でぶった斬ったんじゃねえかな」

「まるで野良犬に襲われたみてえだ」

「面《つら》が見てえ」

死体が横向きなので、仰向《あおむ》けにすることにした。上尾が手を貸してくれた。

硬直が解けた体はぶよぶよして重たく、なかなか思うようにいかない。ようやく仰向かせると、今までどうにか体の内に納まっていたものが傷口からはみだしてしまった。

それを見た田所が口を押さえてその場を離れた。すぐに藪の中で嘔吐《おうと》する声が聞こえてきた。

「若造が」

甚三が小声で言った。

「おれも若いぜ」

富五郎が言うと、

「おめえさんとは修羅場の数が違う。なんせ鍾馗《しょうき》の文七《ぶんしち》の倅《せがれ》だからな」

甚三は目を細めて言った。

――おれを通して親父をみてやがる、と富五郎は思った。

あちこちでこういう目に出会う。自分の中から親父が消えてなくなるのはいつのことだろう。今のうちは居てくれてありがたいが、ときどき邪魔に思うときもある。

「よおく見てくんな。知ってる顔かい」

甚三にうながされ、富五郎はしゃがみこんで血に汚れた顔を見る。歳は三十と少し、凹凸の少ない平凡な顔立ちだった。

「さあな」

富五郎は首を横に振りかけたが、首筋の赤痣《あかあざ》を見て、動きを止めた。

去年の冬、盗賊を追っている途中、

「ちょっと訊きてえことがあるんだが」

と今戸の瓦屋で職人に尋ねたことがある。

季節職人だという男がおどおどしながら答えてくれたが、そいつの首筋には目立つ赤痣があった。あれと同じものだろうか。

富五郎は近くの大木の葉っぱを千切って血糊を拭き、痣の形をじっくりと見てみる。

「へえ、どうやら……」

富五郎は小さくうなずいた。

盗賊とはなんの関わりもなかったので男とはそれきりだったが、なぜか首の痣が記憶に残っていたのである。

「殺されたのはひとりやふたりじゃねえ、近頃ずいぶんあちこちで椋鳥が殺されてるみてえだ。小金を貯めて田舎へ飛ぶ椋鳥は、街道鴉や鷲、鷹に狙われやすい。せいぜい用心することだな」

富五郎は忠治に噛んで含めるように言うと、傘張り浪人の曾根崎右門が、手酌でやりながらうなずいた。

「いやな男だねえ、それが半年ぶりに故郷に帰るこの人に対する餞《はなむけ》の言葉かい」

お杉が首を振りながら言った。

「おれは嫌みで言ってるんじゃねえ、本気で心配してるんだよ」

「わかりました。用心します」

忠治は素直にうなずいて代金を払い、富五郎や清吉だけでなく、お杉やそのほかの客にも頭を下げてから店を出ていった。

「それにしても、どこのお嬢さんなんだろうねえ」

おさとが男の席を片付けながら言った。

「果たしてお嬢さんかどうか」

お杉の言葉に、おさとの手が止まった。

「だってそうだろう、いいとこのお嬢さんが、あんなどん百姓にお茶なんか淹れてやるはずがないじゃあないか」

「淹れてやったっていいだろう」

おさとはむくれた。

四

清吉はすっかりそのことを忘れていた。

思い出したのは用事があって偶然豊島町へいったからである。

豊島町は、初め湯島にあったのだが、聖堂ができるために上地《あげち》となって元禄《げんろく》三年に内神田に移ってきた町である。

清吉は《梅村》の前を通り過ぎてから気付いて引き返し、まだ昼飯を食っていなかったので、たまには奮発してみようと思って暖簾《のれん》をくぐった。

昼食の時刻を少し過ぎていたので客はまばらだった。

清吉はなるべく安そうな料理を注文すると、ゆっくりと店内を見渡し、客筋を見ていく。

なるほど上客ばかりのようだ。しかし、それは金離れがよさそうという意味で、上品という意味ではない。確かに大店《おおだな》の旦那ふうのもいるが、中には目つきの鋭いのもいる。

茶は飲み放題ということなので、自分で淹れて飲んでみた。

清吉はうなずいた。上等な茶葉を使っている。《すずめ》の粉茶とはえらい違いだ。忠治が去年の茶をこれより美味に感じたのは、困り果てているときに見知らぬ他人に淹れてもらった茶だからこその味だったのだろう。

だが、念のため、清吉は料理を運んできた仲居に訊いてみた。

「良い茶を使っているようだが、ずっとこれかい」

「さあ、人が替わりましたから……」

詳しく訊いてみると、三カ月ほど前に店の代が替わり、それに伴って料理などにもかなりの変化があったとのことだ。

「ちょっと旦那を呼んできてくれないか」

「どんな御用でしょう」

仲居はたちまち疑り深い顔になった。

忠治たちに接したのもこの女だったのだろうか。見回すと、他にも数人立ち働いているが、こんな無愛想な女は他にいそうもない。

「なあに、少し訊きたいことがあってね」

仲居は立ち去ったが、途中で男衆になにか言って、こちらを見た。

清吉は料理に箸を付けた。味わって小さくうなずく。

まずくはない。だが、おれならこの半分の値段でこれ以上のものを作れると思った。

羹《あつもの》を舌先に伸ばして素材を吟味していると、間もなく三十半ばの男がやってきた。

「手前がこの屋の主、弦佐衛門でございますが、なにか手前に御用とか」

「うまいね、これ。さすが梅村さんだ」

「ありがとうぞんじます」

弦佐衛門の顔がほころんだ。

「あっしも料理人の端くれなんだが、この前あっしの店に妙な客がやってきましてね……」

清吉は忠治との経緯を余さず語り、前はどんな茶葉を使っていたのか訊いてみた。

「そうですか、そんなことがあったのですか。それは、それは……」

弦佐衛門は笑って答えない。

「言いにくいことなんですかい」

「いいえ、そんなことはありません。もう代も替わったことだし……それでは申し上げましょう。実は、父は節約のために茎茶を使っておりました」

「なるほど」

清吉はうなずいた。

茎茶というのは、玉露や煎茶の仕上げの段階で、新芽の茎や撥《は》ねられた大きな葉などを取り出したものである。いわゆる二流ものだが、新芽独特の爽やかな香りと甘みがある。中でも高級な茶葉の茎は《かりがね》と呼ばれて珍重されている。《梅村》といえども、まさか飲みほうだいのお茶に《かりがね》を出してはいないだろうが、先代が味の良い茎茶を出していたことは確かなようだ。

「そりゃそうだ、こんな上等の茶をがぶがぶ飲まれちゃたまったもんじゃねえもんなぁ」

「しかし考えてみますれば、お茶はまあ、お客様へのご挨拶のようなもの。いつまでも茎茶を出していたのでは当方の料理の質まで疑われてしまいますので、わたしの代になったのを幸い、改めさせていただきました」

「えらい、あんた繁盛するよ。うちは粉茶だけどな」

そのとき、奥座敷の方からけたたましい女の笑い声が聞こえてきた。

清吉は弦佐衛門が眉をひそめるのを見逃さなかった。

「派手な女がいるねえ」

「お客様ですから……」

言ってはみたものの弦佐衛門が迷惑がっているのは明らかだ。

清吉は雪隠《せっちん》の帰りに、奥座敷を覗いてみた。すると、歳の頃は二十七、八の小粋な女が口に手を当て、甲高《かんだか》い声で笑っている。その前には商家の旦那風の男がふたり、上機嫌で女になにか話している。

あれが忠治の話したお嬢さんなるものだろうか。清吉の目にははすっぱな年増に見えるが、田舎者にはお嬢さんに見えるのかも知れない。

清吉は自分の席に戻ってから小首をかしげた。あの女をどこかで見たような気がするのだ。

なかなか思い出せないので、酒を一本追加注文して、ちびちびやっているうちに思い出した。一年ほど前になるが、偶然弁天の富五郎と一緒になって歩いていくと、富五郎が向こうからくる小粋な女を顎でしゃくり、

「あれが針千本のお銀だ」

と言ったのだった。お銀が名うての掏摸《すり》だというのは後で話してくれた。

「あら、富五郎親分」

そのときは、お銀の方から馴れ馴れしく寄ってきた。

「おめえ、また肥えたんじゃねえのか。掏った銭でよっぽどいいものを食ってやがるんだろう。覚えておけ、そのうちしょっぴいてやるからな」

富五郎はぴしゃりと言った。

「親分さんたら、堅気の女をつかまえてなにをおっしゃるんですか」

お銀は富五郎をぶつまねをしながら清吉の方を向いて、

「こちらは」

「おまえさんの同業さ」

清吉はそのときはまだお銀の素性を知らなかったが、水商売だろうと思って、咄嗟《とっさ》に言ったものだ。

するとお銀は、あからさまにいやな顔をした。

掏摸は目の前で仕事をしたとき捕まえるのが鉄則である。ゆえに富五郎はお銀が掏摸で生計を立てていることがわかっていても捕縛できないのである。

お銀は十代の頃からこの道一筋で生きてきた。ふつう、この稼業を始めて二、三年内に罪の証《あかし》の入れ墨が一本入り、五、六年で二本入り、七、八年で三本入り、十年掏摸を続ける者はめったにいない。次に捕まれば死罪だからである。それにやはり気の疲れる稼業なのだろう、胃の腑を患う者が多く、長生きはできないようだ。

しかし、お銀は例外らしい。この道十年の古つわものであるにもかかわらず、一向に病んでいる様子はなく、しかも筋も一本も入っていないと言う。本当ならば名人芸の域であろう。

後で富五郎からその話を聞いて、もっとよく顔を見ておくのだったと清吉は思ったものだ。それでも、一年も経ってからなんとか思い出せたのは忠治の言ったことが耳に残っていたからだろう。忠治はお銀のことをもう少し若く言ったが、ひいき目というやつのせいだろう。

お杉の言ったことが当たりだな、と清吉は思った。ただのお嬢さんが赤の他人に茶を淹れてやるはずがないとお杉が言ったのに対し、おさとはそんなことはないと言ったのだが、この勝負、どうやらお杉に軍配が上がったようだ。

それにしても、腕利きの掏摸である針千本のお銀が、なにゆえ《梅村》に出入りしているのだろう。単に料理が気に入ったからだけなのか。それとも……。

清吉は支払いを済まして外に出た。

しばらくその辺をぶらつきながら《梅村》を見張っていると、やがてお銀が出てきた。店内にいたときとは打って変わった鋭い顔で左右を見回し、足早に去っていく。

あやうく顔を合わすところだった。清吉は積み荷の陰でホッと溜め息をつく。

すぐに、先ほどお銀とたわむれていた商家の旦那ふうのふたりが店から出てきた。

清吉は後をつける。途中から足を速めて追い付き、隣に並んで、

「もし」

と声をかけた。

ふたりがこちらを向くと、清吉は笑顔で訊いてみた。

「つかぬことをおうかがいしますが、財布はご無事で」

「えっ」

ふたりはあわててふところに手をつっこんだ。ふたりとも財布を取り出し、安堵の色を浮かべた。

「中身をお確かめになった方がいいかも」

ふたりは清吉の目から隠すようにして中身を確かめる。

「ご無事でしたか」

ふたりはこわばった顔でうなずいた。

「それはようございました」

「いったいなんのことでしょう」

小鼻に大きな疣《いぼ》のある、でっぷり太った方が訊いた。

「なあに、近頃この辺りは物騒なことが多いと聞いたもんで、もしやと思いましてね」

ふたりは顔を見合わせた。どうやら清吉を岡っ引きと勘違いしたらしい。

「どなたかお知り合いで財布を掏られたお方はおられませんか」

「そう言えば桝屋《ますや》さんが財布をなくしたとか」

痩せている方が言うと、

「でも、掏られたとは言ってませんでしたよ」

肥えた方が首を横に振る。

「なるほど、財布をなくしましたか……お引き留めしてどうもすいませんでした」

清吉は一礼して、足早に先をいく。

後に残されたふたりは不安になったらしく、もう一度財布の中身を確かめている。

「どうやら早とちりだったみてえだな」

清吉は首を横に振った。お銀が《梅村》にくるのは、金をもっていそうな客に近付き、財布を掏り盗《と》るのが目的かと思ったが、どうやら違ったようだ。

考えてみれば、それではすぐにばれてしまうだろう。腕に入れ墨が一本も入っていないほどの腕利きなら、そんなあからさまなことはしないはずだ。さっき痩せている方が、誰かが財布をなくしたと言っていたが、それこそがお銀の仕業かも知れない。掏られたことさえ気付かせないのが本当の名人芸であろう。

酒が少し入っているせいか、清吉はほんわかと良い気持ちになった。少し道草して帰るつもりでそぞろ歩きしていると、夕刻ということもあり、だいぶ通りが混雑してきた。

よそ見して歩いていたのがいけなかった。若い男とぶつかってしまい、少しよろけた。その拍子に隣の女にぶつかってしまい、女が小さな悲鳴をあげた。

「あっ、ごめんなさい」

女が言い、

「気をつけろ」

若い男が捨て台詞《ぜりふ》を吐いて先をいく。

「すんません」

清吉は男にあやまり、振り向くと、女が人混みの中に隠れるところだった。

もしかして、今のはお銀ではなかったか。

急にふところが気になり、手をつっこんでみる。

「ねえ」

清吉は通りの真ん中で大声をあげた。どこを探しても財布が見つからなかった。

掏ったのは男か、それともお銀か。

たぶん男が囮《おとり》で、掏ったのはお銀だろう。

「やられた」

清吉は駆け戻り、雑踏の中にお銀の姿を探したが、見つけることはできなかった。

あきらめて歩き出しながら、どう見ても金がありそうには見えないはずなのに、なぜ自分が狙われたのか考えてみる。

――あのとき、気付かれたのだろうか……。

清吉は雪隠の帰り、奥座敷を覗いてみた。そのとき目こそ合わさなかったが、お銀は掏摸の持ち前の勘で、清吉が覗いていたことに気付いたのではなかろうか。

お銀は後で客の財布を掏り盗るつもりだったのかも知れない。

それをおしゃかにされたのを恨みに思って、おれを狙ったのかも知れねえ、と清吉は思った。

清吉は用心深い方だ。過去、気付かぬうちに財布を掏り盗られたことは一度もない。今回、ものの見事に財布を盗られたのにさばさばした顔をしているのにはわけがある。日頃からおさとに財布の紐を握られており、実は財布には小銭しか入っていなかったのだ。その小銭も《梅村》でほとんど使い果たしてしまったので、先ほど財布の中に入っていたのはびた銭が数枚と、《千両》と書いた縁起物のお札だけだったのである。

去年の暮れ、「これを財布に入れておけば千両当たる」と湯島天神の富籤《とみくじ》売り場近くで辻占《つじうら》をしている婆さんが言うので、二十文で買ったものだ。財布も古物だし、ちょうど新調しようと思っていたところだった。

——お銀のやつ、今ごろどんな顔をしていやがるだろう……。

清吉は歩きながら笑っていた。

通行人が気味悪そうにすれちがっていく。

五

清吉が財布を掏られた三日ほど前にさかのぼる。

その日は彼岸の中日だった。

彼岸には六阿弥陀詣でをする人が多かった。阿弥陀如来が安置されている六カ所の寺院を、太陽の運行に沿って東から南、西へと参拝するのだ。いくつかの順路があったが、中でも有名なのが西方六阿弥陀と山手六阿弥陀、それに北方六阿弥陀である。

富五郎は北方六阿弥陀の最終地、亀戸常光寺境内の雑踏の中にいた。遊びでやってきたわけではない。寺に頼まれ、もめ事が起こらないように、それとなく見張っているのだ。

迷子、失せもの、喧嘩はお馴染みだが、それよりも深刻なのが、掏摸による害である。

混雑してきてからかなりの時刻が経った。掏摸にとっては稼ぎ時と言える。

まだ「財布がない」と大騒ぎする人は出ていないが、本人が気付かないだけで、すでに掏られているかも知れない。なにかを買う段になって、ようやく財布がないことに気付くのがふつうだ。

掏られた者に、もしやあのときと思わせるのは、あまり腕のよくない掏摸とのことである。腕利きは、財布を持ってくるのを忘れたと思わせるくらい、さりげなく掏り盗る。中には中身だけ抜いて、財布は元の懐中に返しておく名人芸を誇る者もいると聞く。

この雑踏の中に捕吏が混じっていることは、当然向こうも承知である。だから、どちらも気配を消して雑踏の中を流している。

男の怒声が聞こえてきた。どうやら喧嘩らしい。

反対方向からは若い女の悲鳴が聞こえてきた。わめきちらす声に聞き耳を立てていると、晴れ着を汚されたらしい。

江戸の街は男の世界だ。女、それも若い女の数が極端に少ないし、嫁をもらえるのはほんの一部の恵まれた者に過ぎない。ゆえに若い男たちは吉原や、もっと安い岡場所で女を買う。素人女は高嶺《たかね》の花と指をくわえて見ているのがふつうだったが、縁日のときだけは距離が縮まる。男どもは若い女に近付き、素早く精を放つのである。

気付くのは男の経験のある女だ。未通女《おぼこ》は家に帰ってから初めて汚されたことに気付き、騒ぎ出す。中には腰の周りがどろどろになるまで汚されている小町もいたと言う。哀しいほどに江戸の男たちは女に飢えていたのである。

雑踏の中では様々な小事件が繰り返されていた。

だが、富五郎はすべて無視した。富五郎が狙っているのは掏摸だけである。

掏摸に出来心はいない。なぜなら相手に気付かれず掏り盗る技術は修練のたまものだからである。一種の職人芸と言える。ほとんどのものが幼い頃から、まるで鵜飼《うか》いの鵜のようにむりやり訓練されて、十代から二十代を稼ぎ時とする。

三十過ぎの掏摸が激減するのは、小金を貯めてこの世界から足を洗うか、罪を重ねて処刑されるからである。もちろん断然後者が多い。

江戸の街を流す掏摸は何百といるが、富五郎はそのうちの十人ほどの顔を見知っている。ほとんどは腕に筋の入っている前科者であった。

富五郎はあれからかなりの時間、雑踏の中を流しているが、まだ見知った顔に出くわしていない。それどころか、怪しい動きをする者も見かけていない。

どうやら今日は空振りに終わりそうだなと思ったとき、右斜め前方に見知った顔を

見出し、

「お銀」

思わず口走りそうになった。

この道十年の古強者にもかかわらず、腕に未だ一本の筋も入っていないのを自慢している女掏摸だった。あと一歩のところで取り逃がし、お銀に煮え湯を飲まされた岡っ引きや同心は数知れない。富五郎もそのひとりだった。

今度こそ、の思いは常にあった。

その刻がきた。

お銀の姿が人波の中に消えた。

富五郎は人の間を泳ぐようにかきわけながら、そちらへ向かった。

見失ったかと思ったが、すぐにまたお銀を見つけた。お銀は鋭いまなざしで、じっと前方を見据えている。獲物を見つけた猟犬の目であった。

お銀をこの手で捕らえる最大の機会が訪れ、富五郎の胸は高鳴った。

また見失ってはいけないので、富五郎はできるだけ近付くことにした。ふつうなら危険な距離まで接近したが、お銀は獲物に気を取られているせいか、まったく気付いていないようだ。

富五郎はいつでも使えるように、懐中で捕り縄をほどいた。

お銀は雑踏の中を、まるで鰻のようにぬるりぬるりと滑り抜ける。

だが、富五郎はそうはいかない。お銀を見失わないようにするだけで汗だくになった。ときどき強引に人をかきわけて、

「なにすんのさ」

と怒鳴られたり、睨まれたりする。

こんなところで足止めされてはかなわないので、そのたびに米搗《こめつ》き飛蝗《ばった》のように頭を下げ、その間もお銀から目を離さずに後を追い続けた。

お銀の足取りがゆるんだ。

獲物を見失ったのか。

いや、その逆だろう。距離が狭まったのだろう。

獲物はどいつだと思い、富五郎はお銀の視線を辿《たど》るが、見えるのは行き交う人の頭ばかりで、誰に目を付けているのかさっぱりわからない。

少し前屈みの姿勢で、お銀の全身に力が入る。狼などの獣が獲物に襲いかかる寸前

の体勢と言える。

と思った次の瞬間、お銀の体がぐにゃっと柔らかくなり、目の光も消えて、柔和な顔になった。

あまりの激変ぶりを目の前に見て、富五郎の口元がひきつった。

お銀の足が速まった。

獲物はあいつだ、と富五郎は思った。商人風の中年男である。小鼻に大きな疣があり、肥満体を揺するようにやってくる。

柔和になったお銀の目は、まばたきすら忘れたかのように、じっと男を捕らえて放さず、柔らかい身のこなしで人波を縫いながら男に近付いていく。

ふたりが急接近した。お銀の体が獲物に軽く当たった。その瞬間、なにか言ったようだ。賑わいにかき消されて富五郎には聞こえなかったが、おそらく、「ごめんなさい」とかなんとか言ったのであろう。

残念ながら富五郎はお銀の仕事ぶりを見損なった。目の前で行われたとしても、なにをしたのかわからなかったであろう。それくらいお銀の動きは小さく、柔らかく、ごく自然だった。

ふたりは一瞬のうちにすれちがった。

お銀の餌食《えじき》になった中年男は、間もなく富五郎とすれちがった。

富五郎は足を速め、お銀に追い付いて、むんずと右腕を握った。意外に太くて柔らかい腕だった。

お銀がハッとした顔で振り向き、

「なにすんのさ」

噛み付くように言った。

「とうとう捕まえたぜ」

お銀の体が硬直した。

「あたしがなにをしたってんだい」

せいいっぱい強がってみせる。

「ふところにあるものを出してもらおうか」

「取れるものなら取ってごらんよ」

お銀は挑むように言う。

富五郎はお銀の懐中に手を突っ込む。すると、

「痴漢だよ、痴漢」

お銀が騒ぎ出した。

乗せられた周囲の男どもが富五郎にとびかかろうとする。

「てめえら、これが目に入らねえか」

抜きたくはないが、富五郎は十手を抜き出した。

男どもの動きが途中で止まり、あわててその場を立ち去っていく。

「残念だったな、お銀」

「ちくしょう」

お銀は狼の目に戻っている。

「観念して、さっき抜き取ったものを出しな」

「いやだと言ったら、どうするつもりだい」

「この場で素っ裸にする」

「できるかい、あんたに」

お銀は侮りの目で若い富五郎を見据える。

「やるぜ」

富五郎が帯に手を掛けると、

「待って、待っておくれよ。わかった、出しゃあいいんだろ、出しゃあ」

ふてくされた顔で言って、しぶしぶ懐中から巾着を取り出した。

富五郎は素早くお銀の両手を捕り縄で縛り上げ、財布の中身を検《あらた》めてみる。小判こそ入っていなかったが、使いやすい一分金などがぎっしりと入っていた。

富五郎は小さく折りたたんだ紙切れをひっぱりだす。広げてみると、一尺四方くらいの大きさになった。どこかの見取り図のようである。脇に岩窟寺と書かれていた。

確かに本郷に岩窟寺という寺がある。

こういうものを持っていたということは、あの男は大工の棟梁《とうりょう》であろうか。

——おや、これはなんだ……。

一カ所に印が付けてあり、脇に五千両と書かれていた。

修繕のために檀家《だんか》から集めた金にしては多すぎる。

「そうか」

富五郎は思わず口に出した。

これは富籤《とみくじ》の売上金であろう。

近年富籤が大流行で、谷中感応寺、目黒龍泉寺、湯島天神が主立ったところだが、その他にも大小の寺院がそれぞれ富籤を開催しており、三社と比べると規模は小さいながらも、かなりの売り上げを誇っていた。そう言えば、岩窟寺も富籤を開催している寺の一つであった。

ということは、あの男、富籤を運営する業者だろうか。寺によっては丸ごと専門業者に頼むところもあると聞く。

だが、富五郎は首を横に振った。以前、町廻り同心の近藤《こんどう》猪太郎《いたろう》からこれとよく似たものを見せてもらったことがある。泥棒が持っていた忍び込む店の見取り図であった。

この見取り図には日付まで入っている。ということは、富籤の売上金五千両が、この×印の所に保管されるに違いない。

富五郎は岩窟寺の富籤の抽選日がいつだったか忘れたが、おそらくこの日付の前日辺りだろう。

「逃げやしないから、なにも縛らなくてもいいだろう。みっともないったらありゃしない。ほどいておくれよ」

お銀は縛られた両手を差し出す。

だが富五郎は聞いていない。見てもいない。気持ちはすっかりお銀が狙った先ほどの男の方に囚《とら》われていた。あいつは押し込み強盗の一味に違いない。そしてこれは、その密書なのだ。

「お銀、おめえ、さっきの男を知ってるのか」

一瞬の沈黙があった。

「知ってたらどうするね」

値踏みするようにお銀が訊いた。

「あいつの正体を教えろ」

「教えたら、見逃してくれるかい」

早くほどいてくれと言わんばかりに富五郎の前に縛られた両手を突き出す。

問題はあの男が、財布を掏られたことにいつ気付くかだと富五郎は思う。そして、気付いたときにどう動くかだ。計画を中止するだろうか。

自分たちの押し込み計画書が人の手に渡ったと思うと寝覚めが悪いだろう。計画は大幅に変更されるに違いない。

しかし、まだ気付いていないとしたら……。

「お銀、おめえ、これを元のところに戻せるか」

「あいつに返せってのかい」

「気付かれずにふところに戻せるかって訊いてるんだよ」

「無理に決まってるだろう」

「じゃあ仕方ねえ、番屋までつきあってもらおう」

「あいつの正体を明かしたら見逃してくれるんじゃないのかい」

「それじゃ、足りねえ。あいつの正体を明かして、しかも気付かれないように、ふところにこれを戻してこい。そうすれば見逃してやる。無理か」

「無理、無理」

「わかった。じゃいこうか」

富五郎は引き立てようとしたが、お銀は動かず、

「無理だけど、やるよ」

きっぱりと言った。

「そうこなくちゃ。おめえならやれるよ」

富五郎の厳しい顔が少しほころんだ。

「つまんないおだてなんかいらないから、早くこのみっともないのをほどいておくれ」

手首が自由になると、お銀は痛そうに縄でこすれたところをさすりながら富五郎の様子をうかがっている。今なら逃げ切れると計算しているのかも知れない。

「地獄の底まで追ってくぜ」

お銀の気持ちを見越して言うと、

「逃げやあしないさ。ここまできたらじたばたしないから安心おし。おもしろいじゃないか、みんごと田島屋のふところにそれをもどしてみせるよ。任せておきな」

ポンポンと胸をたたいた。

どうやらお銀の掏摸の誇りに火が点《つ》いたようだ。

「田島屋とは」

「諏訪町にある古着屋だよ」

「よし、急ごう」

富五郎はお銀の腕を取り、田島屋が去った方へ向かう。

あちこち探してみたが田島屋を見つけることができず、さすがに富五郎もあきらめかけたとき、前方に人だかりがあるのを見つけた。どうやら喧嘩らしい。後ろから覗き込んでいるずんぐりした後ろ姿に見覚えがあった。

富五郎は回り込んで横から男の顔を見た。小鼻に大きな疣がある。

「見つけた」

思わず口に出しそうになるのを呑み込んで、

「頼むぜ」

お銀を押し出す。

お銀は人混みに紛れた。

富五郎は田島屋から目を離さない。

田島屋は争い事が好きなのか、少しでも前に出て喧嘩の様子を見ようとする。それからしても、まだ財布を掏られたのに気付いていないようだ。

田島屋の周辺を見回したが、お銀の姿が見えない。

——しまった、ずらかられた……。

富五郎は首を振り、俺も甘いなとお銀の口車に乗った自分を責めた。

そのとき、「わーっ」と野次馬が騒ぎ、喧嘩を取り囲む輪が乱れた。どうやら刃物沙汰《ざた》になったらしい。

とばっちりを避けようと逃げる野次馬の中に田島屋がいた。

田島屋が女にぶつかってあやまっている。

女は田島屋をなじって通り過ぎた。お銀であった。

富五郎はお銀に追い付こうとしたが、見失った。

果たして財布を元のところに戻したであろうか。それを確かめたかったが、すでに田島屋の姿もなかった。

六

清吉が財布を掏られた翌日、《すずめ》に旅支度の忠治が現れた。

故郷に帰る前に寄ってみたのだと言う。

今回は大きな荷物を持っている。おさとが中身を訊いたら、子供たちへの江戸土産だと言う。

清吉は茎茶を入手していたけれども、忠治の味覚を試す意味で、まずはその他の茶を先に飲ませてみた。忠治はすべての茶を、「あのときの味とは違う」と言ったので、最後に茎茶を出してみた。

　忠治は一口飲んだだけで、

「これだ、この味です」

　興奮した口調で言った。

「へえ、そうなんだ」

　清吉はつぶやいた。忠治の今の一言で、気持ちの問題だけでなく、茶そのものの味の違いだったことがわかった。

　清吉は改めて茶を飲み比べてみたが大差ないように思える。

　ということは、忠治の茶に対する味覚が特にすぐれているのかも知れない。

　清吉は忠治にお銀の正体を教えてやろうかと一瞬思ったが、江戸を悪者にすることはないと思い直し、黙っていることにした。忠治の中ではいつまでも親切なお嬢さんが生き続けることだろう。

　忠治は茶の味に大いに満足して酒と煮物を頼んだ。

「おめえ、飲めねえんじゃなかったのかい」

大道芸人の煙の仲八が訊いた。

「へえ、弱いだけで、少しはいけます」

「よいではないか、恋い焦がれていたお茶を飲めた祝いじゃ」

傘張り浪人の曾根崎右門が言った。

「おめえ、朝立ちかい」

棒手振りの杢平が訊いた。

「へえ」

忠治がうなずくと、

「そうかい。まあ気をつけてな」

銚釐《ちろり》の酒を差し出す。

「ありがとうございます。みなさんにはほんとにお世話になりました」

忠治は酒を受け、客のひとりひとりに頭を下げた。

皆が会釈や言葉を返したが、ひとりだけ無視した客がいる。初めての客で、いかにも遊び人ふうの若い男だった。今まで手酌でやりながら皆の話を聞いていたのだった。

忠治が飲み食いに色を添えた銭を置いて出ていった。

「故郷か、おらあもう何年帰ってねえんだろう」

李平が遠くを見る目つきで言った。

「桜の花が咲いてさ、桃の花が咲いてさ……」

お杉も目を潤ませた。

「ああ、うまかった。おやじ、またくるぜ」

遊び人風の男が腰を上げた。

男が外に出るのを見届けるや否や、

「どれ、わしも」

右門が立ち上がった。

「あらセンセ、今晩はばかにお早いお帰りで」

おさとが声をかける。

「うむ、少し酔った」

「センセ、忘れ物」

お杉がやけに軽い刀を持って追いかける。

「おっ、すまん」

右門は軽すぎる刀を腰に差す。

七

外に出ると同時に右門の背がしゃきっと伸び、しっかりした足取りになった。前方を透かし見てもふたりの姿は見えないが、木賃宿のある方角はわかっている。忠治はもちろんだが、遊び人ふうの男もそちらへ向かったに違いない。

すぐに追いつけると思っていたのだが、なかなか男の背が見えてこないので、右門は足を速め、

「わしの取り越し苦労ならよいのじゃが……」

と竹光に触れた。

腰の物が竹光だということは《すずめ》の客のほとんどが知っていた。

右門は刀を捨ててしばらくの間は無刀でいたのだが、「どうも歩きにくくてかなわん」ということで竹光を差すことにしたのだ。初めのうちは軽すぎるのでやはり調子

が取りにくかったが、それでもないよりはましと思い、そのまま差し続けているのだった。

右門は途中から小走りになった。

堀を渡って玉池稲荷の方を目指していくと、やがてめっきり人通りが途絶える。

前方で騒ぎが持ち上がっていた。

「いかん、間に合わなんだ」

右門は思わず口走った。

常夜灯に照らされ、うっすらと数人の影が浮かび上がった。どうやら一人を数人が取り囲んでいるようだ。まるで狼の群れが獲物を狙っているかのようであった。

足音を聞きつけて、狼たちがこちらを向いた。

「助けて」

真ん中の獲物が怯えきった声をあげた。

右門は狼の群れの中へ無言で駆け込んでいく。

ひとりが獲物に飛びかかり、残りの四人が右門を取り囲んだ。短刀だけではない。長脇差《ながどす》もあれば、大工が使う手斧《ちょうな》のような物まで武器にしている。しかも相手は獲物を襲い慣れている様子だ。

右門はまだ抜かない。抜けば竹光であることがわかってしまうからだ。しかし、いくら右門といえども素手で囲みを突破するのはむずかしい。

一方では獲物が銭を盗られまいと必死に逆らっていた。

「よこせ、この野郎」

遊び人ふうの若い男がいくら殴りつけても、自分の体を抱きしめるようにしてふところを開かない。

「てめえ、死にてえのか」

若い男が短刀を引き抜き、逆手に握って振り上げた。単なる脅しではない、刺す構えだった。

「危ない」

右門はやはり竹光の脇差を鞘《さや》ごと腰から引き抜き、投げつけた。

背に当たり、若い男が振り向いた。

「逃げろ」

右門は獲物に声をかけた。

その間に囲みが狭まった。

だが、まだ右門は抜かない。少し腰を落とし、肩の力を抜いて、静かに身構えている。

「くたばれ、じじぃ」

長脇差が振り下ろされたが、それよりも一瞬早く右門の竹光が鞘走った。

「ギャッ」

叫んで賊が長脇差を落とし、目をおおった。たちまち指の隙間から血があふれ出した。

思わぬ展開に残りの三人はたじろいだが、すぐに気を取り直し、一斉に襲いかかった。

右門はゆったりと動いた。本当は速いのだが、無駄が省かれているので、一見ゆったりとした動きに見えるのだった。

賊の繰り出した刃はことごとく空を切った。いずれも紙一重である。その証拠に、右門の髪の先がなびき、袖が少し裂けた。

賊たちには右門の竹光の動きがまったく見えていないようだ。

四人が、目を、鼻を、唇を、喉を、それぞれ切られて苦痛の声をあげた。

右門は目を押さえている賊の袖で竹光の先端を拭《ぬぐ》った。

そのころ獲物の方は……。

忠治は賊に馬乗りになられ、ぽかぽか殴られていた。しかし、顔を左右に振り、あるいは腕を突き出して、顔面をまともに殴られるのを防いでいるようだった。

賊がちらと右脇に目をやった。そこに落とした短刀がある。拾おうと手を伸ばしたところに一瞬の隙が生じた。忠治はくるっと反転して自分が上になると、賊の額に手のひらを当て、思い切り押した。ガツッと鈍い音がして、賊の頭が地面に激突した。賊は白目を剝《む》いて伸びてしまった。

「だいじょうぶか」

右門が声をかけると、忠治はがくがくとうなずいた。右門は素早く忠治の顔や体を見て、刃物傷がないことを確かめた。

「命より大事な物は落としてないな」

忠治はふところに手を差し込み、確かめている。おおかた晒《さらし》にでも巻き込んであるのだろう。

「あった。ありました」

忠治が歓喜の声をあげた。

「よし、いけ」

「ありがとうございます」

忠治はぺこぺこと頭を下げる。

「いいから早くいけ。気をつけるんだぞ」

忠治は落とした荷物を拾い上げ、右門に一礼して駆け出した。

右門は苦悶の声をあげている賊たちを警戒しながら忠治を見送る。

右門が傷つけた四人は、それぞれ怪我を負った部分を押さえてうずくまり、呻《うめ》いている。

「心配ない。いずれも浅手じゃ」

右門は竹光の切っ先をかすらせただけだと言う。

しかし、だからこそ竹が鋭い剣になったのであろう。目を切られた者は、今後いくらか見えにくくなるかも知れないし、鼻や喉を切られた者も傷跡が残るだろうが、いずれも遠からず斬首される身であるから、そんなに気にすることはなかろうと右門は涼しい顔で言った。

八

丑三《うしみ》つ時である。

岩窟寺は漆黒《しっこく》の闇の中にある。

富五郎はどこにいるかというと、なんと庭の楠《くすのき》に登り、枝葉の中に潜んでいた。太い三叉に腰を下ろし、もう二刻あまりも見張り続けている。

富籔は昨日終わり、売上金五千両は岩窟寺の蔵の中にある。

富五郎は寺に賊のことは教えなかった。教えても信じてもらえそうになかったからだ。下手をすると、こちらが疑われかねない。それに、賊を一網打尽にするには寺にはなにも知らせない方がいいと思ったのである。

寺もまるきり備えがないわけでもない。蔵の中にも外にも見張りがいた。

外の三人は、いずれも体格の良い若い納所坊主《なっしょぼうず》である。いずれも手には六尺棒を持っている。しかし、慣れのせいか警戒を怠っているように見える。

見張りはただ立っていればいいというものではない。絶えず周囲に気を配っていなければならないのだ。だが、三人とも惰性で仕事をしているように見えるのだ。私語も多いし、動きのすべてから、この仕事にうんざりしているのが知れる。

その証拠に、富五郎が庭の中ほどにある楠に登っても、誰も気付かなかった。それから二刻ほども経つのに、こちらを見上げた者さえいない。

無理な姿勢を長く保っているため、背中が痛くてしょうがない。

睡魔にも襲われた。

賊がくるとすれば今をおいて他にないとは思うのだが、やたら瞼が重く、ときどき強く頭を振って目を見開く必要があった。

富五郎の目を覚まさせたのはバサバサッという音と、異様な風だった。

目を開けると、目の前に金色に光る目玉があった。

富五郎は思わず声を出しそうになって、あわてて口を押さえた。

それは人の目玉ではなかった。そして、先ほどの異様な風の正体がわかった。羽ばたきだった。

なんだ、みみずくかと富五郎は思った。同時に向こうも、こちらを人と察したようだ。

みみずくは肉食鳥である。夜間、眠りに就いた小鳥や、地上の小動物を闇に紛れて襲い、食らう。

縄張りを荒らされたと思ったのか、みみずくが襲いかかってきた。

「おい、よせ」

富五郎は小声で言って振り払ったが、かえってみみずくの怒りを煽《あお》ってしまったようだ。

みみずくは飛び上がり、鋭いくちばしで突きかかってくる。目を狙ってきたので横を向くと、頬をつつかれた。

富五郎はかろうじて悲鳴を呑み込んだ。

つつかれたところに触れてみると、指が黒く濡れた。

またしても襲いかかってきたので、十手で払う。どこかに当たったらしく、みみずくは奇妙な鳴き声をあげて逃げていった。

まずいことになった。下の連中が今の騒ぎを聞きつけて夜空を仰いだ。その真上をみみずくが通過した。

ふたりがこちらを見ている。

富五郎は息を殺してじっとしていたが、どうやら気付かれてしまったようだ。

大柄な奴がなにか言い、こちらへやってくる。少し遅れて、後の二人も付き従った。

富五郎はなんて言い訳しようか、あれこれ考える。こうなったら十手を見せて、本当のことを言うしかあるまい。

それでも信じてもらえなければ、近藤猪太郎の名を出すしかあるまい。

実は、富五郎はここへくる前に八丁堀の近藤のところへ寄っているのである。そして経緯を話し、援軍を要請したのだが、ことわられた。そんなあやふやな話に乗るわけにはいかないと言うのだ。それに寺社は町奉行の差配の外、事がこじれるとまずいと言う。

富五郎は賊を外におびき出すと言い、去年深川の寺が襲われた事件を例に挙げてみたが、取り合ってくれなかった。

仕方なく蓑作とふたりで岩窟寺にやってきて、こっそり忍び込んだというわけだ。

蓑作は境内のどこかに潜んでいるはずである。今ごろはぐっすりと寝入ってしまっているか、寺を塒《ねぐら》にしている狸とでも戦っているかも知れない。

三人が近付いてきて、楠のこんもりと繁った枝葉の中を見ている。相撲取りでも隠れることができるくらい葉が密集しているので、なにも見えないだろうとは思うが、じっと見られると、あちこちむずむずする。分厚い葉の簾《すだれ》を通して、奴等の視線がぶつぶつと突き刺さってくるのである。

富五郎が木から下りる準備をし始めたとき、ひゅんとなにかが風を切る音がした。矢鳴りだと思った次の瞬間、三人の体に無数の矢が突き刺さった。

「ゲッ」

とひとりが叫んだが、後のふたりは無言だった。

叫んだ者は己の体に深々と刺さった矢を必死に抜こうとしているが、後のふたりに動きはない。まるで糸の切れた傀儡《くぐつ》のように、ぐずぐずと足から崩れていった。

致命傷を免れたひとりが逃げ出したが、すぐに足を止めた。森の中からぬっと出てきた六つの影法師が、針鼠の行く手を阻んだのである。

見張りが向きを変えて逃げようとすると、ひとりが追いかけて背を斬った。見張りは前にのめり、うつぶせに倒れた。いったんは起き上がりかけたが途中で倒れ、今度は動かなくなった。

富五郎は片足を下の枝に置いたまま、固まっている。

飛び降りて逃げるには高すぎた。着地に失敗したらおしまいだろう。

富五郎は動けず、息を殺して連中の動きを追う。

二つの影法師が見張りの死を確認し、息のある者に止《とど》めを刺すと、蔵に向かった。

富五郎は賊の姿が見えなくなると、暫時待ってから幹を滑り降りた。

おそらく寺の中の連中も一瞬にして片付けられたことだろう。それにしても、五千両運び出すには手間がかかるはずである。

富五郎はなんとかここを脱出して、ぐっすり寝入っているはずの近藤をたたき起こし、改めて援軍を要請するつもりだった。ふたりの間には、父親の代からの信頼が築かれている。今度こそ近藤は動いてくれるだろう。

問題は間に合うかどうかである。

盗賊の中に田島屋がいることは間違いないが、確認できたわけではないので、逃げおおせた後に白を切られたら、それ以上の追及はむずかしい。

鳥も虫も鳴かず、境内はしんと静まりかえっている。

富五郎は静寂を乱さぬように、抜き足差し足で参道に向かう。

参道を抜けて、寺の外へ出て、もうだいじょうぶだろうと駆け出す体勢に入ったとき、背後から猛烈な殺気がかぶさってきた。振り向くと、今正に白刃が振り下ろされるところだった。賊の予期せぬ攻撃に富五郎の体は硬直し、思わず目をつむってしまった。

袈裟《けさ》斬《ぎ》りの刃は左肩から入り、肋骨や肺腑を切り裂きながら体の真ん中辺まで食い込むだろう。だがその前に、頭上で身も凍る刃の触れ合う音がした。

――なんだ、今のは……。

富五郎がおそるおそる目を開けると、頭上で二本の刀が交錯し、まるで十字架のようになっていた。

「退《ど》け」

近藤猪太郎の怒声がほとばしった。

ようやく富五郎は事態を把握した。富五郎が斬られる瞬間、近藤が飛び込みざま刀で受けてくれたのだった。

富五郎は後ろに飛び退《の》いた。

目の前では激しい鍔《つば》競《ぜ》り合いが繰り広げられていた。近藤が不利かと思った次の瞬

間、

「ぐげっ」

敵が蟇《がま》のような声をあげた。近藤の蹴上げた膝頭が股間に深々と食い込んだのである。

前屈みになった賊の首筋に近藤の剣が振り下ろされると、湿った鈍い音がした。敵は前にのめり、地面につっぷすように倒れたが、首はつながっているし、血も流れていない。

当然である。たいていの町廻り同心は刃引きの刀を使用しているからである。刃引きゆえ賊に追い詰められて命を落とした者も過去にはいる。それでも刃引きを使用するのは、火盗改《かとうあらため》と違って賊を斬り殺すのが目的ではなく、江戸の人々を守るのが役目との誇りゆえであろう。人はそれを粋と言う。

人の気配に振り向くと、参道を続々と物々しい武装をした捕り方連中が上ってくる。

思わず富五郎の顔がほころんだ。

「富、怪我はねえか」

「へえ」

やっぱり信じてくれたんだと思い、富五郎は目を潤ませた。

「これからが本番だぞ、気を引き締めろ。奴等はどこだ」

「ご案内いたしやす」

富五郎は捕り方の先頭に立ち、勇んで盗賊捕縛に向かった。

折しも賊の先頭が千両箱を肩に引っ担ぎ、こちらに向かってくるところだった。

九

翌晩、《すずめ》はその話題でもちきりだった。

富三郎は事件の後始末が大変なので顔を出していないが、その他の常連客は皆きており、入れ替わり立ち替わり椋鳥を助けてやった右門のぐい飲みに酒を注いだ。

右門は謙遜しながらもすべての酒を受け、いささか酩酊《めいてい》気味だ。

ときどきおさとがやってきて、

「センセ、お体と相談して、ほどほどになさいませ」

と怖い目で睨むのだが、効き目のほどは薄いようだ。右門のぐい飲みが空になる前に、必ず誰かが注いでやるので干上がることがなかったのである。

「あんたら、いいかげんにしなさいよ」

おさとが叱ると、

「おかみさんもお一つ」

などと男どもは調子がいい。

「そう、じゃ一杯だけ」

嫌いではないおさとはつい受けてしまう。

調子に乗って飲んでいると、

「おい、いいかげんにしとけ」

と今度は清吉の雷が落ちるのだった。

「なんだい唐変木」

おさとは三白眼で返事をする。

「手遅れか」

清吉は溜め息混じりにつぶやき、首を横に振る。

そのとき、ガラッと格子戸が開いて女が顔を入れ、

「あら、いっぱいかい」

華やかな声で言った。

「姐《ねえ》さん、こっち空いてるぜ、こっちだ、こっち。おまえら、どいた、どいた」

杢平が先客を追い払って床几に隙間を作った。

「ごめんなさいよ」

狭い店内の床几や酒樽に座る人々を巧みに避《よ》けながらやってきたのは掏摸のお銀だ。

「らっしゃい」

清吉はおざなりに言い、何用でやってきたのかと横目でさぐる。

この店に、お銀が狙うような金持ちはこない。ということは、この前のことを根に思って、いやがらせでもしにやってきたのか。

「こいつは掏摸だ」とも言えないので、清吉はそれとなく様子をみることにした。

お銀は杢平や周囲の連中とたちまち打ち解けて、大いに飲み食いし、騒ぎ始めた。

あれだけ男扱いが達者ならば、なにも掏摸などしなくても稼げるだろうに、と清吉は思う。だが掏り盗った瞬間の、「あのぞくぞくっとくるのがたまらねえ」と元掏摸が言っていたのを思い出した。

皆の酔いもだいぶ回ったころ、

「みんな、好きなものを注文しておくれ、あたしの奢りだよ」

お銀が両手を振り回しながら大声で言った。

わーっと客たちがどよめいた。

酒や料理の注文が相次ぎ、酒の入ったおさとは目を回しそうな忙しさだ。

ただ酒ほどうまいものはない。歌い出す者、踊り出す者、そして小皿をたたく者がいて、たちまち《すずめ》は本物の雀の宿よりもうるさくなった。

そんな中から、すっとお銀が抜け出た。

さては飲み逃げするつもりかと清吉は板場を出た。

意外にもお銀は出口のところで立ち止まり、清吉がやってくるのを財布を開いて待っている。

「どうもごちそうさん。釣りはいらないよ」

お銀は清吉の手に小さく折りたたんだ紙切れを押しつけた。

清吉が開いて見ると、例の《千両》札であった。

「あっ、やられた」

清吉が小さく叫んで顔を上げたときは、すでにお銀の姿はなかった。あわてて外に出ると、

「ごちそうさーん」

お銀は手を振り、酔った様子もなくすたすた歩いていく。

「雌狐め」

清吉は苦笑し、くしゃっと千両札を握りつぶして店に戻った。

第四話　なま温かいむすび

一

陰間の菊乃丞が《すずめ》に入ってきた。

「はーい、みなさん、おすそわけ」

菊乃丞は風呂敷包みを頭上に掲げ、八分の入りの客たちに大声で言った。

歓声があがり、パチパチとあちこちで拍手が起こった。

菊乃丞はたまに上客からのもらいものを《すずめ》に持ってきて、皆にふるまうことがある。いずれも《すずめ》の常連客では手の届かないような高価な菓子や料理であることが多い。

陰間の世界では、それほどのものを手土産に持ってくるほどの長者が多いということであろうか。ともかく《すずめ》の客たちにとっては歓迎すべきことであった。

菊乃丞は体が大きい。二人分の席を占め、前の飯台で風呂敷包みを広げる。

食いしん坊たちがよだれを垂らさんばかりの顔で覗き込む。

菊乃丞はわざと焦《じ》らしながら結び目をほどいていく。

風呂敷がパラリと開き、出てきたのは竹皮に包まれた饅頭《まんじゅう》だった。

辛党の多い《すずめ》の客たちの間から失望の声があがった。

だが、甘辛両党使いの安楽寺の和尚、弦哲は大喜びだ。

さっそく棒手振りの李平が手を伸ばすと、菊乃丞はピシッとその手を打ち、やんわりとたしなめる。

「あわてる乞食はもらいが少ないわよ」

「誰が乞食なんだよ。そんなもん、いらねえよ。誰が食ってやるもんか」

李平は拗《す》ねた。

「さてさてみなさん、これは有名なお店のお饅頭です。どの店か当てたら何個でも召し上がれ」

甘党の連中がわれさきにと手に取る。

弦哲もあわてて一つ取った。

皮がしっとりと指に吸い付いてくる。割ってみると、餡《あん》がほどよく入っている。

餡が少ないのは論外だが、入れ過ぎも邪道であろう。饅頭というのは皮と餡との微妙な調和で食わせるものと弦哲は思っている。

漉《こ》し餡であった。

弦哲は満足気にうなずいた。弦哲は粒餡の舌に当たる皮の感触がどうも苦手なのである。

饅頭の断面を鼻に近付けると、餡と砂糖のほどほどに混じった馥郁《ふくいく》とした香りがなんとも言えない。それに、かすかにきりっとした香りが混じっている。

――はて、この爽やかな香りはなんだろう……。

弦哲は前歯で少しかじってみる。餡を舌先に伸ばして充分に味わう。上品な甘さの中に、すっと爽やかな香りが鼻に抜ける。柚《ゆず》の香りのようだ。

「わかったぞ。これは本町鳥飼和泉の九重饅頭じゃ」

弦哲が自信あり気に言った。

「いや、これは浅草金龍山の米《よね》饅頭だよ」

「違う、違う、これは中橋の林氏塩瀬饅頭に決まってるじゃないか」

数人がそれぞれ自信あり気に言った。

「他にはありませんか」

菊乃丞の問いかけに、お杉がおずおずと手を挙げ、

「これは日本橋本石町《ほんこくちょう》の越後屋播磨《はりま》の葛饅頭じゃないのかい」

ちょいと首をかしげながら言った。

「惜しいわねえ、他には」

菊乃丞は辺りを見回してみるが、もう答える者はない。

「早く言え」

と皆にうながされ、

「実は、これは麹町橘《たちばな》屋の柚饅頭です」

もったいぶって正解を言うと、菊乃丞は饅頭を口に入れる。かなり大きな饅頭をまるまる一個ほおばったので、元からふくよかな頬がさらに膨らんで、まるで怒った河豚《ふぐ》みたいになった。

「やっぱりね、あたしもそうじゃないかと思ったんだよ」

お杉が言うと、

「今ごろ言ってりゃ世話ねえや。そういうのを後から饅頭ってんだよ」

李平が聞こえよがしに言った。

「漫才じゃないのかい」

「そうだったかな」

李平は照れ隠しに饅頭をほおばったが、喉につかえて目を白黒させた。

おさとが茶を出してやったり、弦哲が背をたたいてやったり大騒ぎしているところへ誰かきた。

長身を折り曲げるようにして《すずめ》に入ってきたのは牢屋同心の森本君之助《もりもときみのすけ》である。

《すずめ》の客のほとんどは町人であり、たまに侍も紛れ込んでくるが、曾根崎右門のような浪人者が大半だ。

森本はれっきとした役人であるが、ときどき清吉に頼み事があってやってくるのである。役人にしてはものの道理のわかる男なので、清吉は引き受けることが多い。

初めのうちは森本を警戒して寄りつかなかった客たちも、今ではすっかり打ち解けているようだ。

森本はひょろひょろした足取りで板場に近い酒樽に座った。座ると、いっそう背が高い。つまり、胴長なのだ。

「冷やでよござんすか」

「ああ」

森本はへちま顔を突きだし、顎を撫《な》でる。むずかしい頼み事を持ってきたときは、いつもこうだ。

清吉は酒を出してやりながら訊いてみた。

「今日はなんです。かなりむずかしい注文でござんすか」

「わかるか」

「森本さんはわかりやすい顔をしてるからねえ。あっしにできるかできねえかわからねえが、ともかく言ってみておくんなさい」

「むずかしいと言えばむずかしい。じゃが、簡単と言えば簡単な食い物だ」

「まるであたしの人生みたいだねえ」

お杉が言うと、李平が笑いだした。

釣られたのか弦哲と菊乃丞も笑っている。

「なにがおかしいんだよ」

お杉がつっかかってきた。

「なんでもねえ」

李平は首を横に振ったが、よほどおかしかったらしく、まだ笑い顔を元に戻せない。

弦哲と菊乃丞も含み笑いしている。

「けったくそ悪い」

お杉は酒をあおった。

「おむすび」

森本がぽつんと言った。

「むすびか。なるほど、ちげえねえ。むすびは簡単といえば簡単な食いものだが、奥が深い」

「あたしゃおかかが入ってるのが好きだね」

お杉が言うと、

「おれは梅」

「わしは蛤《はまぐり》の佃煮《つくだに》」

「おいらは塩むすびがいいな」

客がそれぞれの好物をあげた。互いに言ったり聞いたりしているうちに食べたくなったらしく、一斉に注文してきた。

「まあ待ちな」清吉はそれを手で制し、「森本さんが先だよ……で、どんなむすびを作ればいいんです」

「なま温かい塩むすび」

森本が言うと、

「そうそう、おむすびは塩が一番」

先ほど塩むすびがいいと言った客が得意気に言った。

「なんだよ、なま温かいってえのは」

お杉が清吉の代わりに訊いてくれた。

「知らないよ」森本は首を横に振り、「ともかくあるお人に、明日首を斬られることになっている男に、なま温かいむすびを差し入れてやってくれと頼まれてるんだ。俺もほとほと困り果てたんだが、おやじさんなら作ってくれるかと思ってなぁ……」

「それだけじゃ、どうにも作りようがありませんねぇ。よかったら、そのわけってえのを聞かせておくんなさい」

「わけってえほどのこともねえんだが……」

森本は言葉を濁す。

「誰なんです、明日首を斬られるのは」

森本がなにか言う前に、杢平が訊いた。

返事はない。

森本がなにも教えてくれないので、杢平は近ごろ捕縛された盗賊の名をいろいろ挙げてみせる。その中で、「夜霧の幸吉《こうきち》」と言ったときだけ、森本は長い顎を上げた。

牢屋同心としては言いにくいことなのかも知れないと思い、

「よかったら店が引けてからでも」

清吉は提案してみたが、

「いや、後がねえ……」

森本は夜霧の幸吉となま温かいむすびの因縁を切れ切れに語り始めた。

二

一月二十二日に湯島から出火して四方に延焼し、日本橋や深川にまで及ぶ大火事があったのはもう二十年も前のことだ。

多くの人が焼けだされたが、その中に七歳の夢助《ゆめすけ》がいた。

夢助は親に手を引かれて逃げる途中、群衆に巻き込まれて親の手を放してしまった。後はもみくちゃにされながら火の粉の舞う中を逃げ回るばかりだった。どこをどう走ったのか七歳ではまったくわからない。大人でもわからなかっただろう。ともかく突き倒されなかったのを幸いと思わなければならない。なぜなら、倒れたら最後、後から後から押し寄せる人の波に踏まれて立ち上がることができず、たいていは圧死してしまったのである。

ともかく夢助は生き延びた。

一方、当時幸吉はなにをしていたかというと、火事場泥棒だった。

火事場泥棒にもいろいろある。焼け残った物の中から金目の物を物色する者、しかし、これは実入りが少ない。

人々が逃げ惑う中で落とした物を横取りする者、これは実入りが多いが早い者勝ちだ。

一番儲《もう》かるのが、大切な物を持って逃げる者からむりやり取り上げる奴だ。

民家に泥棒に入っても、お宝をどこに隠してあるか探すのに手間取るものだ。だが、火事に際しては、人々は全財産を持って逃げる。それを横取りするのはわけもないことだった。

だが、それも最初のうちだけだった。火盗改《かとうあらため》が出張ってきて、《斬り捨て御免》で刃向かう犯人をその場で斬りまくっている。

幸吉は一稼ぎしてなんとか逃げ延び、一服していると、焼け野原にぽつんとたたずむ七、八歳くらいの男の子が目に入った。焦げて、破けて、汚れているが、着ているものからして、どうやら侍の子のようだ。泣くのも忘れたかのように、焼け跡から白く立ちのぼる煙をぼんやりと見つめている。

幸吉が男の子に近付いていったのは決して親切心からではない。この子を親元に連れていってやれば礼金がもらえると思ったからだ。火事場泥棒よりも稼ぎになるだろうし、感謝される気分も悪くはなかろうと思ったに過ぎない。

「おい」

声をかけると、顎《あご》に大きな黒子《ほくろ》のある男の子がびっくりした顔でふりむいた。顔は煤《すす》だらけだが、上品な顔立ちをしている。これは見込みがありそうだと思って、幸吉は笑顔で話しかける。

「親とはぐれちまったのか」

男の子は、コクンとうなずいた。

「どこの子だ」

男の子は焼け野原を見回すばかりだ。

「名前は」

「わたしの名は……」

男の子の顔に驚きの表情が浮かんだ。

「どうした」

訊いたが返事がない。ぽかんとした顔で宙を睨《にら》んでいるばかりだ。

「まさかおめえ、自分の名を」

「わたしの名は……」

男の子は必死に思い出そうとしている。

「じゃあ、父親の名は……母親は」

「わかりません」

男の子は泣き出しそうな顔で首を横に振った。

「なんか覚えていることはねえのかい」

「火があちらからも、こちらからも……」

男の子が語るのは、四方八方から迫る炎と、逃げ惑う群衆ばかりであった。群衆にもまれて、しっかりと握り合っていたはずの母親の手が離れてしまった。そのとき男の子は母を呼び、母もまた男の子の名を呼んだはずだが、声は覚えていてもなんと言ったのか覚えていない。

「わたしは、わたしは……」

とうとう男の子が泣きだした。

「いい、もういいから無理するな。落ち着けばそのうち自然に出てくるだろう」

幸吉は男の子の頭を撫《な》でてやった。

さすが武士の子と思ったのは、泣いてはいるのだが町人の子のように大泣きするのではなく、必死に嗚咽《おえつ》を堪《こら》えている。

仁太みてえだ、と幸吉は思った。五歳のときにはやり病《やまい》で亡くした弟を思いだしたのである。

幸吉は四谷御箪笥町《おたんすちょう》の味噌問屋治実屋《はるみ》の長男であった。本来ならば治実屋は幸吉が継ぐべきはずなのだが、十六で覚えた女、十八で覚えた博打が命取りになった。いくら父親に説教されても言うことを聞かず、とうとう店の金を持ちだすまでになった。

若い後妻に説得されたのか、とうとう父親は幸吉に見切りを付けて勘当し、腹違いの妹に婿を取って跡目とさせたのである。

悔しいが身から出た錆《さび》である。仕方がねえとあきらめた。

もともと父親とは反りが合わなかった。唯一心を通わせることができたのは四つ違いの仁太であった。仁太はできの悪い兄を、「兄ちゃん、兄ちゃん」と追いかけ回し、慕ってくれた。幸吉もまた仁太をかわいがり、何度もいじめっこから救ってやった。幸吉は自分でも不思議なほど仁太を愛していた。

幸吉が荒れ狂ったのは仁太が死んだせいかも知れなかった。仁太のいない治実屋に未練はなかった。

「仁太」

思わず口に出し、幸吉はあわてて首を横に振った。

男の子が怪訝《けげん》な顔で見上げている。

「おめえ、銭は」

幸吉は肝心なことを訊いてみた。

男の子はしゃくりあげながらもふところを探り、袂《たもと》をさぐり、ありとあらゆるところを探ってから、首を横に振った。

幸吉は財布から小銭を取りだした。男の子の小さな手を広げて小銭を一握り与え、

「おっかさんを探しな」

と言って踵《きびす》を返した。

しばらくいくと後ろで、パキッと音がした。

男の子が付いてきていた。今の音は、焼け焦げた家の木材を踏み割った音であった。

幸吉が止まると男の子も立ち止まり、こちらをじっと見ている。頬の煤が涙で流れ、黒い筋となっていた。

――こいつは仁太じゃねえ……。

幸吉は己に言い聞かせ、

「いけ」

心を鬼にして、追いやる身振りをした。

三度言うと、ようやく男の子はうなだれてそちらへ歩みだした。

幸吉は振り切るように足を速めた。

いくらもいかないうちに、またしても後ろで、パキパキッと焼けてもろくなった木材を踏み割る音がした。

幸吉は苦い顔でふりむく。やはり男の子が付いてきていた。

「あっちへいけ」

幸吉は少し声を荒げて追い払う。

男の子はしょんぼりとうなだれる。

幸吉は昔、祖母が言ったことを思いだした。

「かわいそうだと思うなら、かまうな」

あれは幸吉が八歳の梅雨時だった。幸吉は夜中に捨て犬の鳴き声で目を覚ました。

クーン、クーンと哀れを誘う声で子犬が鳴いている。だんだん鳴き声が近付いてきて、耳にからみついて離れない。

起き上がろうとしたら、隣で寝ている祖母が肩を押さえ、そう言ったのだった。

「なんで」

と訊いたら、

「いいからほっとけ」

祖母は首を横に振った。

幸吉は子犬が腹をすかしているのかも知れないと思い、

「おむすびあげるの」

と布団から抜けだそうとしたが、祖母は許してくれなかった。

幸吉が祖母の手から逃れようとすると、

「飼うことができないならほっとけ」

祖母は怖い顔で言い、一度餌をやれば子犬はわが家の前から離れなくなってしまう。飼うのならそれでもいいが、飼わないのならば、今度は戻れないほど遠くへ捨ててくるか、川にでも捨てるしか方法がなくなる。そうなったら、もっとかわいそうだろう

と説得され、

「飼うもん」

幸吉は頑固に言い張ったが、祖母は無言で首を横に振り続けた。

幸吉が五歳のときに嫁いできた義母は、猫好きの犬嫌いなので許してくれるはずがなかった。昔、家には犬がいたのだが、義母が家に入る直前にいなくなってしまった。幸吉は毎日毎日探し歩いたものだ。

捨て犬の鳴き声は今も幸吉の耳に残っている。やがて捨て犬と男の子が重なった。

しかし、お天道様に背を向けた独り者が、他人の子供など世話することはできないのだ。できないのなら振り切るしかなかろう。声をかけたのも間違いなら、銭を与えたのも間違いだったと思うが、もう遅い。

幸吉が歩きだすと、五間《けん》ほどの間を保ちながら男の子が付いてくる。

「付いてくるんじゃねえ。いけ、この野郎」

幸吉は半ば炭になった木切れを拾ってぶつける。男の子は避《よ》けるでもなく、ただ付いてくる。

同じことが何度かくりかえされた後、幸吉の投げた木切れが頭に当たってしまった。

幸吉は驚いた。わざと当たらないように投げたつもりだが、ほんの少し手元が狂ってしまったようだ。

男の子は木切れが当たるとびっくりした顔をしたが、泣きもしなければ逃げもせず、またしても付いてくる。そのうち額を赤い筋が流れた。

幸吉は舌打ちして駆け寄り、

「だいじょうぶか」

髪をかきわけて傷口を診《み》る。ほんの少し切れており、血がにじみだしていた。

幸吉はふところから懐紙を取りだし、傷口にギュッと押しつけた。

「ぶつけるつもりはなかったんだ、かんべんな」

男の子はにっこり笑ってうなずいた。

待乳山《まっちやま》は大川を望む丘である。山上には聖天社《しょうてんしゃ》があり、山の下の町を聖天町《しょうてんちょう》と言った。

男の子と出会ってから十日後のことである。幸吉は聖天町の小料理屋で開帳されている賭場《とば》にいた。

「ツキがなかったなぁ。女でもたたき売って金を作ったらまたきな」

若い衆に追い払われ、

「いかさまが」と幸吉は喉元まで出かかった言葉を、かろうじて呑み込んだ。それを言ったらおしまいだ。言ったがために簀《す》巻《ま》きにされて大川にぶち込まれた者は数知れない。

幸吉はなけなしの銭で当地の名物、鶴屋の米饅頭《よねまんじゅう》を買ってみることにした。米饅頭というのは、五十年くらい前、お米という女が発案して、たちまち評判になった饅頭とのことだ。五十年も生き残っているからには、なにかあるのだろう。

ひとつだけ買ってみた。両端が少しとがり、真ん中に縦の筋が入った米饅頭を味見して満足した幸吉は、五つばかり竹皮で包んでもらい、九日前から巣にしている下谷練塀小路近くの半焼けの屋敷に向かう。

この辺は殿中に勤める数寄屋《すきや》坊主、別名茶坊主たちが多く寄り集まって暮らしていたところである。自慢の練塀も焼けて、すっかり色変わりしており、中には崩れ落ちている箇所もある。

幸吉はこの近くまで戻るたびに、今日こそ夢助がいなくなっていてくれることを願うのだった。そのくせ、夢助の姿を見ると、ホッとする。

夢助とは、幸吉が男の子に付けた仮の名である。

幸吉は手のひらにのせた五つの米饅頭の重さを計るようにして、おれもつくづくお人好しだなと苦笑する。

前方に半焼けの家々がまるで巨大な亡霊のように建っている。

全焼の方があとかたづけしやすいらしく、そちらから先に建て直しが始まっている。

半焼けの家は取り壊さなければならないので、そのぶん手間暇がかかるのか後回しにされているようだった。

相変わらず夢助はいつもの廃屋でおれを待っている。

いや、今日はいないだろう。

パキパキッと草履《ぞうり》の裏で木切れが折れる。

その音を聞きつけて、廃屋の中から夢助が飛びだしてきた。

やっぱりいやがったと思い、幸吉は笑みを漏らす。

自分でも、夢助がいなくなっていることを願っているのか、待っていることを願っているのか、わからなくなっていた。

「兄上」

夢助は子犬のように駆け寄ってきて、輝く瞳で幸吉を見上げる。

「その、兄上ってえのはやめてくんねえか」

「それなら、お兄さん」

「まあいいか。ほらよ」

幸吉は饅頭の包みを渡す。

夢助が四つ、幸吉はひとつ食べた。

「なにか拾ったか」

「うん」

夢助は瓦礫《がれき》の中から拾い集めた小銭や簪《かんざし》などを見せた。

幸吉は女物の装飾品をより分ける。ほとんどは焼けただれていて売り物にならないが、五つに一つくらいは小銭に換えられそうな物もあった。

幸吉は、拾った銭は自分で持っているよう夢助に言っているのだが、夢助は言うことを聞かず、すべてを幸吉に差しだすのだった。

幸吉は夢助の気持ちを傷つけたくないので受け取ることにしているが、後で返すつもりだった。しかし、実際は博打に注ぎ込んでいた。

――おれも罪深《ぶけ》えな……。

毎度思うのだが、どうしても博打から足を洗うことができなかった。

「そもそも人生は博打だ」と言った奴がいる。そいつは、「博打打ちは負け犬ばかり」とも言っていた。

耳に痛い言葉である。なにもかも自分に当てはまるのだ。

だが、悔やんでいるわけではない。おれはまだまだ若い。ツキが変われば、一発大逆転で世間の奴等をあっと言わせてやるぜと、いつも心の底では思っていた。

だが、勝ったためしのない博打でまた負けた。

「今日はね、和泉橋の方へいってみたの。そしたらね、火傷《やけど》した犬が寄ってきてね……」

夢助は今日の出来事を熱心に語る。

「そうか、そうか」

幸吉は目を細めて話を聞きながら一緒に塒《ねぐら》に向かう。

房楊枝《ふさようじ》で歯をみがくと、拾ってきた筵《むしろ》をかぶって抱き合って寝る。

夢助の記憶はとぎれとぎれに戻りつつあるが、未だに自分の名前ばかりか両親の名前、それに住んでいたところさえ思いだせずにいた。

幸吉は自分の胸にすがって寝息を立てている夢助の背を撫でながら、こいつはあのときの子犬に違《ちげ》えねえと思ったものだ。

やがて博打を打つ金もなくなった幸吉は、今度こそ堅気になろうと思って仕事を探し始めた。

だが、幸吉に合うような仕事はなかなか見つからない。火事場では雑役の仕事ならいくらでもあるのだが、遊び人のなまった体にはきつすぎる。仕事を選べる立場でないのはわかっているのだが、つい自分には向いてねえと思ってしまうのである。

木枯らしの吹く晩だった。

「腹がへったらこれを食え」

幸吉はむすびを二つ夢助に与え、仕事を探しに出かけた。

一日中歩いたがこれといった仕事が見つからず、疲れ果てて塒に戻ったときは夜も更けていた。

「お兄さん、これ」

夢助がふところから竹皮に包まれたむすびをとりだし、グイとつきだす。

一つ受け取ると、なま温かかった。それで、夢助は朝方幸吉が与えたむすびを食べずに、ずっとふところで温めながら幸吉の帰りを待っていたことが知れた。

「ばかやろう、食えと言っただろう」

幸吉は夢助の頭を小突き、むすびを分け合って食べた。

ふたりの別れは突然やってきた。

幸吉は左官の下働きをしたが長続きせず、とうとう盗賊の仲間に加わってしまったのだった。だが仲間割れから殺し合いになり、首領を斬った。

遠くへずらかるつもりだったが、その前に塒に戻り、「なんとか生き抜け」と夢助に、当分は生きていけるだけの金を渡した。夢助は「一緒にいく」と泣いてすがってきたが、「足手まといだ」と幸吉は邪険に突き放し、後ろも見ずに走り去ったのである。

「お兄さん、お兄さん」

叫びながら追いかけてくる夢助の声がだんだん小さくなり、やがて消えた……。

三

「それから二十と五年が経って、半年ほど前の本所清水町での大捕物、瓦版にさんざ書かれたからおやじさんも覚えているだろう、御金蔵破りの夜霧の幸吉の件だよ」

森本が言うと、

「貧乏人に銭をばらまく義賊とか」

清吉が受けた。

「なにが義賊なもんか。あの野郎、盗賊のくせに目立ちたがり屋で、わざと人目を引くようなまねをして名を売りやがったんだ。不思議なもんだな、世のため人のために働いて有名になり、後世に名を残すんなら話はわかるんだが、悪名を残したい馬鹿がけっこういるんだからな。子孫はたまったもんじゃないだろう」

「なま温かいむすびというのは、夜霧の幸吉の頼みですかい」

「それなら話は早いのだが、そうじゃない」

「じゃあ、誰です」

「俺ということにしておいてくれ」

「えらい人なんですかい」

「いいではないか、そんなことは……」

森本は言葉を濁した。

清吉が他から探りを入れようとすると、

「明日早朝、できるか」

先に言われてしまった。

「無駄でござんしょう。それだけのことをしでかした野郎なら、小塚原《こづかっぱら》で磔《はりつけ》獄門なんじゃねえですかい」

「本来ならそうだが、なんせ盗まれたのは大名や旗本ばかり。盗まれたことがわかれば恥の上塗りになるというので誰も届けやしない。そこで仕方なく、牢屋敷でお仕置きってことになったんだ」

「わかりやした……ただの塩むすびでいいんですね」

「すまんな」

「木枯らしの吹く晩に、半日子供のふところで温めたむすびか。おれは食いたくもねえが、幸吉にはさぞかしうまかったんでしょう……」

「あの野郎、名を売りやがって……」

森本は半年前の大捕物の経緯を語り始めた。

夜霧の幸吉の名はだいぶ前から世間に知れ渡っていた。武家屋敷を主に狙う。人を傷つけない。そして、盗んだ金の一部を貧乏人に分け与えることで評判を呼び、再三瓦版に登場したからだ。

しかし、なかなか捕まらない。なぜなら武家屋敷は、盗賊に忍び込まれて大金を盗まれたのを恥じ、外に漏らさないからだ。しかも幸吉は金払いがよいので仲間割れすることもなく、なかなか真実がわからなかったのだ。幸吉というのも本名ではないだろう。

幸吉の顔を見た者はけっこういる。だが、年齢も、顔立ちも、背格好も、なにもかもが曖昧《あいまい》だった。覆面をしていたわけではないのだから覚えていて当然なのだが、ほとんどの者が恐怖のため、なにも覚えていないと言う。

しかしそれは嘘だろう。おそらく幸吉をかばっての言であろう。

幸吉を見た者たちは、いずれも仲間とか女中とか武家で虐げられている下働きの連中である。いつも上にどやしつけられているので、盗賊に入られていい気味と思っていたのかも知れない。それに幸吉は人を傷つけないとの評判が立っていたので、盗賊たちの行いを見て見ぬふりをしていたのかも知れない。中には手引きをした者もいたかも知れない。

いずれにしろ夜霧の幸吉は神出鬼没で、なかなか足取りがつかめなかった。

だが、ひょんなことから足が付いた。

裏切ったのは幸吉に銭を投げ込まれた下谷長者町の裏長屋に住む仲介という金魚売りだ。

この辺りは貧富の差がはなはだ激しく、長者も住めば、今日の飯代に事欠く貧乏人も多い。

木戸が閉まる少し前の時刻だった。たいていの者は寝入っていたが、仲介は起きていた。男と逃げた女房の顔が浮かび、くやしくてなかなか眠れなかったのだ。そんなときに、腰高障子がスッと開いて銭が投げ込まれたのである。

仲介は銭を拾い集めてから、腰高障子の隙間に顔を当て、そっと外を覗いてみた。するとと、長屋の一部屋ごとに銭を放り込んでいく黒い人影が見えた。

あれが世間で評判の《お助け大明神》に違いねえと思った仲介に欲が出た。世間にばらまくほど余分な銭を持っているならば、自分がもう少しもらってもよさそうな気がしたのだ。

人影が遠ざかると、仲介は腰高障子を引き開け、忍び足でそちらへ向かった。

悪事を働いているときと善行を施しているときとでは心構えが違うのは当然だ。そこに隙が生じたのか、人影はまったく尾《つ》けている者に気付かぬ様子で、さらに長屋に銭を投げ入れ続けていた。

ようやく銭が尽きたらしく、男は神田相生町《あいおいちょう》の脇を通って神田川の方に急ぎ足で向かう。やがて河岸にさしかかった。

仲介は黒い影の顔を見届けようと近付いていった。深追いしたのがいけなかった。いきなり振り向かれた。逃げようとしたが足がすくんで動けない。

黒い影が小走りに迫ってきた。

顔が見えた。ごく若い男だった。

「なんだ、てめえは」

訊かれて悲鳴をあげると、若い男は血相を変えて懐中から短刀を抜きだした。仲介は善行を施す者が人殺しなんかするはずがないと、まだそんな気がしていた。

「た、す、け、て」

ようやく言ったときは、すでに体の中に冷たい物が入ってきていた。

若い男は伸介にとどめを刺してから逃げた。

だが伸介の悲鳴を聞きつけて、逃げる男の背を見た者がいた。

さらに逃げる途中、誰かとぶつかりそうになり顔を見られた。

土手の急斜面を下り、待っていた猪牙舟《ちょきぶね》に飛び乗って逃げるときも、岸で見ていた者がいた。

幸吉は自分では人を殺さないし、傷つけることもしない。手下もそのようにしつけているつもりだが、新入りまでは思いが行き渡らなかったのだ。

間もなく光ごけの友八が捕縛された。友八を目にした者による首実検の結果、伸介を殺したのはこの男に間違いないことがわかったが、友八は頑として口を割らなかった。

後は拷問《ごうもん》しかなかった。過酷な責め苦の挙げ句、獄死するか、白状して斬首《ざんしゅ》されるか、道は二つに一つである。さすがに友八は怯《おび》え切っていた。

友八の様子を見た奉行所側からある案が出された。幸吉を裏切れと言うのだ。その代わり友八は放免され、江戸から所払いの軽罪とする。

今までのお上に歯を剝く態度からして友八は奉行所側の申し出をかたくなに拒むものと思われたが、意外にもあっさりと呑んだ。

奉行所は友八に罠を仕込んでから放免した。

友八は知らん顔して仲間の元に戻り、大がかりな抜け荷の場所と金額をそれとなく幸吉たちの耳に入れた。三千両と聞いて、幸吉の眉が上がった。

表茅場町の廻船問屋十文字屋は、以前から抜け荷で荒稼ぎをしているとの噂が立っていたので幸吉は信用したのであろう。

盗賊夜霧の幸吉一味八人が十文字屋の庭に入り込んだところで出口がふさがれ、庭や部屋の中に隠れ潜んでいた捕り方が一斉に襲いかかった。反撃は激しかったが多勢に無勢、たちまち一網打尽となったのだが……。

なんと幸吉は偽物だった。いずれはこうなることを予想して、あらかじめ替え玉を用意しておいたのである。

捕縛した連中に対する過酷な取り調べが行われたが、口を割る者はなかった。それも当然である。幸吉は手下にも己の正体をほとんど明かさず、また逃亡先も明かしてはいなかったのだ。

夜霧の幸吉は取り逃がしたが、友八は使命を果たしたので、約束通り江戸所払いとなった。

友八は下役人に国境まで連れられていき、解き放たれた。その後、ひそかに隠れ家に戻り、蓄えておいた金を持ちだし、今度こそ本当に江戸を離れた。

本来なら磔獄門の身が自由になったのであるが、友八は牢にいるときよりも不安を感じていた。己が裏切った当の幸吉がまだ捕まっていないからだ。

幸吉はどこにでもいる、のっぺりとした無表情な顔の男だった。その顔をじっと見つめても、人の顔色を読むのに長《た》けているはずの友八が、なにひとつ読み取ることができなかった。

友八は過去に一通りの悪行を為《な》してきたが、今ほど罪の念にさいなまれたことはなかった。それは世間に対してではなく、幸吉に対する罪の念である。賊の頭領として、幸吉は申し分のない男だった。友八は何度幸吉に助けられたかわからない。そんな恩ある頭領を、友八は裏切ってしまったのである。

幸吉は逃げおおせたが、手下のほとんどが捕縛され、小塚原《こづかっぱら》の露と消えた。その中には友八の兄弟分もいた。

友八が走るようにして江戸を離れたのは裁定が覆るのを恐れたのではなく、幸吉の報復を恐れたのである。

幸吉は手下のしくじりに対して過酷な責めをする男ではない。むしろ優しかった。だからこそ友八は恐ろしいのである。なぜなら自分は、幸吉があんなにかわいがっていた子分たちを全滅させてしまった張本人だからである。幸吉がどんな気持ちでいるかをおもんぱかると、身の毛がよだつ思いがするのである。

友八は旅人姿に身をやつし、上野《こうづけ》、下野《しもつけ》、常陸《ひたち》、安房《あわ》と関八州を渡り歩いた。もともと博打好きだったが、道楽と本業とでは身の入れ方が違う。素質もあったのだろう、見る見るうちに腕を上げて、博打一本で食えるようになったが、調子づいて大勝ちすることだけは避けていた。御法度《ごはっと》のこの世界、胴元に睨まれたら命がいくつあっても足りないからだ。

用心しなければならないのはいかさまである。

いかさまには、賽子《さいころ》そのものに仕掛けのあるもの、壺皿《つぼさら》に仕掛けのあるもの、盆茣《ぼんご》蓙《ざ》に仕掛けのあるもの、博打場全体に仕掛けがあって、たとえば床下に潜んで隙間から賽の目を読んで知らせたり、針のようなもので賽子を動かしたりする穴熊などがあるが、友八はたとえいかさまを見破っても騒ぎはしない。そこまでにこうむった損は捨てたものとあきらめ、「今日はついてねえ」の一言で賭場を引き上げることにしていた。

その場でいかさまを見破って騒いだらどうなるかというと、どうもされない。どうにかされるのは、いかさまを見破られた壺振りなどである。客の手前胴元は無視することもできないので、壺振りの腕を切り落とし、損をこうむった客には金が返される。だが、それで無事に済むと思ったら大間違いだ。いかさまを指した客が無事に家か宿に帰れるのは希《まれ》である。たいていは数日後、森や林の中で蛆《うじ》が湧いた姿で見つかるか、沼か川底から風船のようにふくれて浮かび上がる。

友八はそれらのことを耳にするばかりか、この目で見たこともあるので、用心しているのだった。いかさまをする賭場は接待の質が良いのが多い。どうせ後で根こそぎ巻き上げるつもりでいるからか、出される稲荷鮨や酒、茶はいずれも上等なものだし、若い衆が下にも置かぬもてなしをしてくれる。そこから警戒せねばならないのである。

逆に稼げる賭場は柄が悪い。勝負以外のことにかまっている暇はないからであろう。

友八は各賭場で地道に勝ち、稼いだ金は宿場、宿場で散財した。

「どうせ拾った命」

金を使う度に思ったものである。つい半年前は小塚原で磔にされた上、首は獄門台に晒される定めだったのである。それが幸吉を裏切ったがために自由の身になった。

初めのうちは逃げおおせた幸吉の報復に怯えて夜もろくろく眠れなかったが、身過ぎ世過ぎの方法を覚え、何事もない日々を重ねていくうちに、だんだんと警戒する気持ちが薄れてきた。

稲が色付き始めたころ、友八は上総《かずさ》の牛久宿《うしくじゅく》にいた。地元の源五郎親分が妾《めかけ》にやらせている料理屋で開帳された賭場で、友八は十両稼いだ。受け取った中から二両を茶代として置き、ホクホク顔で宿に帰ると、若さが取り柄の飯盛女を呼んで飲食した。

友八が手水《ちょうず》から帰ってくると、すでに夜具が敷かれており、行灯《あんどん》の灯りにふんわりと盛り上がっているのが見て取れた。

友八は上機嫌のまま素裸になり、女の待っている布団の中にもぐりこんだ。

女を抱きしめたとたん、思わず熱いと思った。女の体はまるで火のようだった。

友八はそこで気付くべきだった、女の肌は冷たいと言うことに。例外もあるだろうが、たいていの女の肌は男よりも冷たい。そして若くて健康で筋骨隆々とした男ほど肌が熱いものであることに。

「やけに燃えてやがんな」

友八は女の顔を覗き込む。白いのっぺりした顔がそこにあった。

熱い腕が首にからみつく。

「友八」

紅唇が割れて、かすれた声が漏れた。

こんなところに自分の名を知っている者はいないはずだ。

「なぜおれの名を」

友八の声がこわばった。

「裏切り者は死ぬしかねえぜ」

夜霧の幸吉がささやくように言った。

「てめえは」

友八が身を起こそうとしたとき、盆の窪にプスリと冷たい物が入ってきた。簪を加工した細身の剣は頭の骨の隙間をくぐり抜け、肉をより分けるように進み、小さな脳に達した。

幸吉は剣をひねって友八の小さな脳を切り刻む。

そっと剣を引き抜いたとき、すでに友八は目を見開いたまま息絶えていた。

あちこちで様々な事件を起こしているので、関八州や火盗改が血眼《ちまなこ》になって探したが、幸吉は文字通り夜霧のように消え失せた。

さらに月日が流れ、江戸を騒がすような事件が次々と起こり、日毎に幸吉の名は薄れていった。

そんなある日、新鳥越町の小間物諸式問屋大蔵屋の土蔵でちょっとした騒ぎがもちあがった。大蔵屋の孫で四歳になる仙次が土蔵に入り込んでいるのに気付かず、番頭が錠を下ろしてしまったのである。

その後、仙次の姿が見当たらないので大騒ぎになった。

「そろそろ富さんの出番かい」

首を回しながらお杉が訊いた。

「うるせえ、黙ってろ」

と言ったのは李平だ。

「おまえこそ黙ってな」

「なんだと」

ふたりは睨み合った。

「どっちもうるさい」

諫《いさ》めたのは弦哲である。

「おまえら聞きたいのか、聞きたくないのか」

機嫌をこわした森本が訊いた。

「聞きたーい」

お杉は急に媚《こ》びた声をあげた。

舌打ちして森本が続ける。

仙次の姿が見えなくなって二日後に、土蔵の中で泣く弱々しい声を聞きつけた者がいた。

こちらから呼びかけても応答はなく、声はどんどん弱くなっていく。

すぐに開けるべきなのだが、肝心の鍵が見つからない。

しかも風通し窓には閂《かんぬき》が通してあり、ビクともしない。

番頭は自分が土蔵の鍵をなくしたと思っていたらしいが、実は盗まれていたのである。後でわかったことだが、幸吉一味と関わりのない盗賊が、後日忍び込むための合い鍵を作る目的で鍵だけ盗んだのである。型を取ったら元の場所に戻しておくつもりが、騒ぎが大きくなって返せなくなり、仕方なく捨ててしまったというのが真相だ。

四歳の子供が飲まず食わずで耐えられる限界が近付いていた。

土蔵の前で子供の名を呼びながら泣きわめいているのは母親のおいちである。

店の周囲は野次馬でごったがえしていた。

下役人が出て取り締まっていたが、興奮した野次馬たちは今にも囲いを突破してなだれこみそうな勢いである。

やがて役人と大蔵屋が話し合って、土蔵を壊すことにした。

呼ばれて駆けつけてきた火消しが見るからに立派な土蔵を壊しにかかったが、大蔵屋が費用を惜しまず作らせた頑丈なものなので、びくともしない。

中に入れるくらいの穴を開けるまでは数刻を要するだろうとの頭領の話であった。

そのうち子供の泣き声が途絶えた。両親がいくら話しかけてもなんの返事もない。すでに死んでしまったのか。それとも死にかけているのか。

母親は狂ったようにわめいている。

そのとき、野次馬を制している縄をくぐり抜け、人相風体の良い中年男が屋内に入り込み、堂々とした足取りで土蔵に近付いていく。

下役人が制止しようとすると、

「あっしは佐野十左衛門様の下で御用を務めさせていただいております溜池の岩蔵という者にございます」

中年男は隠密同心佐野十左衛門の下で働いている岡っ引きであることを告げた。

なんの用かと尋ねると、錠前に関してはいささか覚えがあるので、土蔵を開けられるかどうか試させてくれと言う。

下役人はためらいながらも、岩蔵が言ったことを上司に取り次いだ。

与力の小田林蔵がやってくると、たいていの錠前なら開けてみせると、岩蔵は覚悟のほどがうかがえる顔で言った。

許しが出たので、岩蔵は土蔵の前に急いだ。

土蔵の扉に耳を当てて中の様子を探る。

「なんの物音もしませんね」

岩蔵が言うと、与力が苦渋に満ちた顔でうなずいた。

「どれくらい前から声が聞こえなくなったのでしょう」

「かれこれ三刻あまりになるかな」

「そりゃあいけません」

岩蔵はふところから鉤《かぎ》状の物を取りだし、鍵穴に差し込む。

「なんだ、それは」

与力の問いには答えず、岩蔵は一心不乱に錠の内をさぐる。

それを見ている与力の眉がひそめられた。ただの岡っ引きにこんなことができるわけがなかろう。錠前屋に奉公していたことでもあるのか、でなければ腕利きの盗賊であろう。

――もしかするとこいつが……。

そのとき与力の胸の裡をよぎったのは、一年ほど前、南町奉行所が大捕物の末、取り逃がしてしまった夜霧の幸吉の名であった。

まさかとは思いつつも、与力はじっと難攻不落とも思える頑丈な錠と取り組む男の背を見つめる。歳の頃は三十七、八、中肉中背の男の背はなにも語らない。しかし、こまかい動きの一つ一つに無駄がなかった。

かなりの時間が経過したが、まだ扉は開かない。

「無理か」

声をかけると、

「少し黙っていておくんなさい」

岩蔵はドスの利いた声で与力を叱った。

怒りに与力のこめかみの血の筋が盛り上がったが、なにも言わない。

野次馬が固唾《かたず》を呑んで見守っている。

岩蔵は我関せず、一心不乱に難攻不落な錠前と取り組んでいる。顔には余裕さえうかがえるが、汗がひっきりなしに顔を伝う。呼吸も荒い。

与力だけは土蔵の中には目もくれず、じっと岩蔵を見ている。

岩蔵を騙《かた》った幸吉はその目を意識していた。どさくさに紛れて逃げれば、あるいは逃げおおせるかも知れない。だが幸吉は、土蔵の錠を開けてやろうと決意したときに己の命運が尽きたことを察していたのだった。

幸吉は偶然大蔵屋の前を通りかかったわけではない。大蔵屋の鍵が盗まれたと聞いて、同業のむささび小僧の仕業に違いないと思い、どんな造りの土蔵なのか様子を見にきたら、とんでもない騒ぎになっていたのである。

そのうち火消しが駆けつけてきて土蔵を取り壊しにかかったが、壁の中には鉄板でも入っているのか土蔵はいっかな壊れない。

人々の話から、中に閉じ込められている子供の命が風前の灯火《ともしび》であることを知った。

——おれの知ったことではない、と思いつつ、幸吉の足を止めさせているのはいったいなんだったのか。五歳で夭折《ようせつ》した弟、仁太か。それとも、逃亡のために見捨てた夢助か。

気がついたら縄をくぐり抜けていた。

幸吉は長年岡っ引きを隠れ蓑《みの》にして盗賊稼業を続けてきたのだが、新入りのしくじりと裏切りから手下がことごとく捕縛されてしまった。手下にも己の正体は隠してきたので、すぐにはばれないだろう。それでも用心のため、ほとぼりが冷めるまで、しばらくは江戸を離れるつもりでいたのだが、のこのことこんな所へやってきたのが運の尽き、とんでもない現場にでくわしてしまった。

盗賊稼業のくせに幸吉は見て見ぬふりのできぬ性分だった。それが命取りになることはわかっているのだが、足が勝手に動き、いつの間にか土蔵の前まできてしまったのだ。

錠と取り組んでいる間は、後のことはなにも考えなかった。

額に脂汗を浮かべ、まばたきするのも忘れて解錠に取り組んだ。

むずかしい錠前で何度かあきらめかけたが、子供のことを思うとあきらめるわけにはいかない。

「もういい」と与力が言おうとしたとき、幸吉が呻《うめ》きながら腰を伸ばし、

「終わりましたよ」

と言いながら重い扉を開いた。

子の名を呼びながら両親が土蔵の中に飛び込んでいこうとするのを、幸吉は止め、土蔵はずっと密閉されていたので、瘴気《しょうき》が漂っているかも知れないと言い、両親の代わりに、まずは己が先に入ってみると言う。

幸吉は与力の返事も待たずに、土蔵の中へ入っていった。

すぐに母親が夫の手を振り切って幸吉の後を追った。

与力は土蔵の中を覗き込んでみたが、真っ暗でなにも見えない。目が慣れるのを待

っているうちに、与力がひくひくと小鼻をうごめかせ始めた。

次の瞬間、ボンと破裂音がして土蔵の中で閃光《せんこう》がひらめいた。

与力を始め土蔵の近くにいた連中が後ろへ弾《はじ》き飛ばされた。

「そのとき現場に居合わせたのがあいつだ」

森本が富五郎の方を顎でしゃくった。

「待ってました千両役者」

お杉が手をたたいた。

釣られて李平も拍手した。

「しーっ、静かにせい」傘張り浪人の曾根崎右門がふたりをたしなめ、「弁天の親分、それからのことを話してくださらんか」

と話の先をうながす。

「後は任せたぜ」

喋《しゃべ》りすぎて喉が渇いたのか、森本は富五郎に話を譲り、己は呑むのに専念する。

富五郎はちょっと眉をひそめたが、そのときの様子を話し始めた。

爆風で吹っ飛ばされた富五郎は素早く起き上がり、仰天したままの捕り方連中の一番前に出て中の様子をさぐる。

土蔵の中は白い煙が充満しており、奥の方でなにかが燃えていた。

「おかみさん、だいじょうぶかい」

声をかけてみたが返事がない。

頭から水でもひっかぶりたいが、そうしている暇がない。覚悟を決めて飛び込もうとしたそのとき、暖簾《のれん》のような布をかぶった女が子供を抱えてよろめき出てきた。

「野郎は」

訊くと、女は無言で土蔵の中へ首をめぐらした。

富五郎は大きく息を吸い込んで止め、土蔵の中に飛び込んだ。土間にうずくまるほど体勢を低くして周囲を見回すと、積み荷の横に足が投げ出されているのが見えた。

富五郎は這《は》うようにして近付き、倒れている人物を覗き込んで仰天した。なんと女だった。上布のむじな菊模様の着物を剝《ぬ》がされ、下着姿で横たわっているのは今さっき土蔵の中に飛び込んでいった仙次の母親おいちに違いなかった。

しまった、さっきのが、と思いつつ富五郎はおいちの口元へ手を持っていく。ちゃんと呼吸をしているのを確かめると、素早く立ち上がり、走って土蔵を飛びだし、おいちに化けた幸吉の行方を追った。

前方に小さな人だかりがある。

「だいじょうぶかい、しっかりおし」

年配の女が叫んでいる。

地面にぺたりと座り込み、虚ろなまなざしで皆を見回している男の子がいた。

富五郎はざっと見回し、怪我がないことを確かめると、

「あいつはどっちへいった」

訊いてみたが、虚ろな表情のままだった。

「女はどっちへいった。この子を抱いていた女だ。暖簾をこんなふうにかぶった女はどっちへいった」

富五郎は身振りを交えながら周囲の野次馬に嚙み付くような勢いで訊いてみたが、誰もが首を横に振るばかりだった。

「ちくしょう」

富五郎は叫び、夜霧の幸吉が逃げたと思われる方向へ人をかき分けながら進んだ。

それにしても、幸吉はなんのために危険を冒してまで子供を救ったのだろう。ただ

の善意だったのか、それともなんらかの下心があったのかわからないが、土蔵破りの腕を発揮しているときに、男の正体に気付いた者がいる。与力の小田林蔵と弁天の富五郎だ。ふたりが気付くのとほぼ同時に、幸吉の方でも正体を見破られたことに気付いたはずだ。

そこで一計を案じた幸吉は、子供を助けるふりをして土蔵の中へ飛び込み、後を追ってきた母親に当て身をくらわせて失神させた上で衣類を剝《は》ぎ、己が身にまとい、さらに土蔵の中にあったと思われる暖簾で顔を隠しておいちに化けてから、煙玉を破裂させた。音と煙で人々がうろたえている隙に、幸吉は仙次を抱きかかえて母親になりすまして堂々と土蔵から出てきたのである。

それはお粗末な扮装であった。爆発と煙がなければ子供にも見破られたことだろう。だが誰の注意も、中の子供がどうなったかの方に向けられていた。それゆえ富五郎さえもだまされてしまったのである。

まだ遠くへはいっていないはずだ。

すぐに抜け殻を見つけた。おいちのむじな菊模様の着物である。近くに大蔵屋の暖簾も落ちていた。

富五郎は土蔵の中に飛び込んでから出てくるまで、いくらもかかっていない。

一方幸吉の方はまんまと外へ逃れはしたが、子供を置き、その先の物陰で衣類を脱ぐのに少しは手間取っているはずだ。その分、差を詰めているはずである。

近い、と富五郎は思った。

――さて、どっちへいったのだろう……。

富五郎は路地と大通りを見比べた。

人通りの少ない路地をいくよりも、野次馬が行き交う大通りをいった方が安全と見たのではなかろうかと、富五郎は大通りに出てみた。今ごろになって駆けつけてくる野次馬もいるが、大半は帰り足だ。

富五郎は無数の町人髷《まげ》の後ろ姿を穴のあくほど見ていく。このどこかに奴がいる。少しでもおかしな動きをしたり、小走りにでもなっていればすぐにわかるのだが、誰ひとり不審な動きをする者はいなかった。

富五郎だけ小走りにいき、振り返っては男たちの顔を確かめていく。

なかなか見つけられず、焦りばかりが募っていく。

だが、ようやく見つけた。右斜め前方をいく後ろ姿が、土蔵の錠と格闘していた背

とそっくりだった。富五郎は追い付き、

「おい」

と肩に手を掛けた。

くるりと振り向いた顔は幸吉とは似ても似つかぬものだった。だが、こちらの騒ぎに気付いて周囲の連中が一斉にこちらを向いた。その中に一つだけ、さっさと前へ急ぐ後ろ姿があった。

奴だ、と富五郎は思った。

だが幸吉は、いきなり走りだすようなことはしない。巧みに人混みを縫いながら半町先をいく。

富五郎はもう少し距離を詰めることにした。

幸吉が左へ曲がった。

富五郎は走りだしたが、以前曲がり端で待ち伏せされたことがあるので、用心して角を曲がる。

いなかった。前方を行き交う人は女と荷を背負った商人、それに武士ばかりで幸吉らしき人物はどこを見回しても影も形もなかった。

おそらく左右のどちらかの武家屋敷に飛び込んだのであろうが、塀が高いのでおいそれとは乗り越えられそうもない。だが半町ほど先に、庭木の太い枝が道にかぶさるように張りだしているのが見えた。

富五郎はそこまで走り寄って枝を見る。そちらに変化はなかったが、地面に真新しい葉を付けた小枝が落ちていた。太い枝に飛びついて体を引き上げる際に折れて落ちたのだろう。

ここかと思って、武家屋敷を見る。

たとえ盗賊が逃げ込んだとしても、町方が武家地へ立ち入ることは許されていない。ましてや岡っ引き風情が許可なく入り込んだなら、その場で斬り殺されても文句は言えない。

しかし、ここまで追い詰めて見逃すことはできない。富五郎は表門まで回って門番に身分を明かし、屋敷内に賊が逃げ込んだことを話した。

間もなく門が閉ざされ、屋敷内が騒がしくなった。どこに隠れていようと、そのうちあぶり出されて出てくるだろうと思っていたが、一向に姿を現さない。

屋敷内に逃げ込んだとみたのは間違いだったかと思い始めたとき、風もないのに隣家の竹薮《たけやぶ》が騒いだ。

身軽な幸吉は植木に登り、隣家から塀越しにしなだれかかっている太い竹に飛び移ったのだろう。

富五郎は子供時代の遊びを思いだした。竹はしなる。しなりを利用すれば、まるで竹の葉の中を歩いているように進むことができるのだ。

賊が入り込んだことが隣家へ伝えられたらしく、そちらも騒がしくなった。

江戸の町は武家地と寺社地ばかりで、町人の住む所はわずか二割しかない。大勢の捕り方が手ぐすね引いて待ち構えている二割の地をいくよりも、屋根を伝い、樹木を利して塀を乗り越え、武家地と寺社地をいく方が安全に決まっているが、猿のように身の軽い者にしかできない技であった。

富五郎は幸吉の身になって逃げる方向を予測する。

武家地は広いことは広いが寺社地のような森はないので、これほど騒がれてしまっては誰にも気付かれずに移動するのはむずかしいだろう。やがては外に出て、再び人混みに紛れる必要がある。

富五郎は幸吉が武家地から飛びだすおおよその場所の見当を付けて、先回りした。

辺りはしんと静まりかえっていることからして、すでに逃げおおせたとは思えない。

富五郎は大きな楠の陰に身を隠し、幸吉が現れるのを待つ。

見当違いだったかと己を疑い始めたとき、かすかに武家屋敷の植木の梢《こずえ》が騒いだ。

やがて練塀の上に人影が立った。次の瞬間には誰もいない道にふわりと着地していた。

素早く身繕いし、乱れた髪を撫でつけながら幸吉がやってくる。

富五郎は息を殺し、取り縄を確かめ、懐中の十手《じって》に手を掛けた。

もう少しというところで、幸吉が足を止めた。

息詰まる一瞬が過ぎると、幸吉がこちらへ向かって走りだした。

「幸吉、御用だ」

富五郎は飛びかかったが、走る勢いで弾き飛ばされてしまった。一回転して体勢を立て直したときは、すでに五、六間開いていた。

「待ちやがれ、この野郎」

富五郎は十手を引き抜いて追いかけた。

幸吉はふりむきもせずに逃げていく。

逃げ足は速かったが、富五郎は足には自信がある。だが、どちらかといえば長い距離の方がいい。そのうち追いつけるだろうとの自負が仇《あだ》となり、少しずつ距離が開いていった。

前方から商人風の男がやってくる。

「御用だ、そいつを捕まえてくれ」

富五郎がどなると、通行人は幸吉を捕まえるどころか塀際に寄ってうずくまってしまった。

誰も同じだった。中には武士もいたのだが、やはり怯えて立ち尽くすばかりだった。

このまま逃げおおせるかに思えたが、じょじょに幸吉の背中が大きくなってきた。

富五郎はにやりとした。短い距離が得意の幸吉と、長い距離が得意の富五郎の走りの違いが、ここへきてようやく形になって表れたのである。

どんどん距離が詰まっていく。

ここまできたなら、なにがなんでもひとりで捕まえようとの思いで富五郎は追いかける。

初めて幸吉がふりむいた。すぐ近くに富五郎が迫っているのを見て驚きの声を発し、逃げていく。しかし、明らかに逃げ足は衰えていた。逆に富五郎はまったく疲れを覚えていなかった。

人通りが増えた。行き交う人々が、必死に走るふたりの男を、何事かと足を止めて見ている。

向こうから母親に手を引かれ、五、六歳の女の子がやってくる。歩きながら何事か話しているので、母親も子も必死の形相で走り寄ってくる男に気付かない。

ようやく足音に気付いて顔を上げたときには、幸吉が体当たりするようにして女の子を横抱きにして駆け抜けた後だった。

母親がふりむき、悲鳴をあげた。

その横を富五郎が駆け抜ける。

すぐに幸吉が立ち止まった。

「寄るな」

叫んで女の子の首に短刀を当てた。

自分の身になにが起こっているのかよくわからないらしく、女の子はきょとんとした顔をしている。

富五郎は幸吉たちの三間ほど手前で立ち止まり、

「どうするつもりだ」

気持ちの高ぶりを抑えて訊いた。

「さち」

子の名を呼びながら母親が追い付いてきたが、足がもつれて転倒してしまった。

富五郎が差を詰めると、幸吉は荒い息を吐きながら、

「それ以上近付いたら、この子を……わかってるな」

切れ切れに言って後退する。

背後には真新しいしもた屋があった。格子戸がガラッと引き開けられて、何事かと女が顔を出した。目の前に賊の顔があったので、目を見開いて立ちすくむ。

幸吉は短刀を口にくわえるや、女の袖を取って外へひきずりだした。

なにがなんだかわからず女があわてふためいている隙に、幸吉は女の子を抱えたまま家の中にするりと入ってしまった。

「なにすんだよ」

ようやく反撃に転じようとした女の目の前で、ぴしゃっと格子戸が閉められた。

「開けろ、泥棒」

女が無理に引き開けようとするのを、

「姐《ねえ》さん」

富五郎が肩に手を掛け、ふりむかせる。

「なんだよ」

女が険相な顔で訊いた。

「女の子の命が危ねえ。ちょっとばかりその場を譲ってくんな」

歳のころは二十七、八、踊りの師匠でもやっているらしい小粋な感じの女は、富五郎の顔を見て、小さくうなずいてその場を離れた。

「夜霧の幸吉、もう逃げられねえぞ。観念して出てこい」

富五郎は声を落として呼びかける。

「開けたら殺《や》るぜ」

幸吉が切羽詰まった声で言った。

母親がようやく追い付いてきて、子の名を呼びながら格子戸に突進しようとする。

「いけねえよ」

富五郎は背後から抱きしめ、止めた。

「さち、さち」

母親は半狂乱だ。ここで騒いだら娘の命が危ないことを諄々《じゅんじゅん》と説いて聞かせても
まるで耳に入らないらしく、暴れて富五郎の手の甲を引っ掻いた。

富五郎はそれでも母親を放さず、しもた屋から遠ざけた。

ようやく近所の番屋から、捕り方がさすまたなどを持って駆けつけてきた。勘違い
して富五郎に向かってきたので、

「馬鹿野郎、これが見えねえか」

見せたくもない十手を見せた。

捕り方がたじろぐと、口早に事情を話し、

「頼んだぜ」

と女の子の母親を引き渡す。そして、引っ掻かれて血の滲《にじ》んだ手の甲を舐めながら
格子戸の前に引き返す。

格子戸を挟んで幸吉と富五郎は向き合った。

無言のまま、しばしの刻が流れた。その間に続々と人が集まってきた。

富五郎は幸吉の呼吸が元に戻り、気が静まるのをじっと待つ。

己の呼吸はとっくに元に復していた。

頃は良しとみて、富五郎は声をかけた。

「もうすぐ火盗改が駆けつけてくる。そうなったらおしまいだぜ」

「火盗改が恐くて御法度破りができるかよ」

幸吉があざ笑った。

「火盗改は人質がどうなろうと知ったことじゃねえ。おめえが抱えていれば人質ごと斬り殺す。夜霧の幸吉と言えば、ちったあ名の売れた盗人だ。そんな年端もいかねえガキの人質と一緒に斬り殺されたとあっちゃあ、子々孫々までの恥になるぜ」

「うるせえ」

「入るぜ」

「開けたらこの子を殺す」

女の子のか細い悲鳴が聞こえた。

「開けるな」

野次馬が騒いでいる。

「人殺し」

どうやら富五郎をなじっているようだ。

「大蔵屋での働きは見事だったぜ。己の身を危うくしてまで子を助けるおめえが、その子を殺せるわけがねえ。開けるぜ」

「くるな、くるんじゃねえ」

富五郎はそっと格子戸を引き開ける。

野次馬が悲鳴をあげた。

幸吉は一間ほど奥の薄暗い土間に、目を光らせて立っていた。すでに女の子の首から短刀は外されていた。

幸吉が背を押すと、女の子が前に泳いだ。自由の身になったことがわかると、悲鳴をあげながら富五郎の脇を駆け抜けていった。

野次馬から安堵の溜め息が漏れた。

間を置いて、女の子と母親の泣き声が聞こえてきた。

幸吉は右手に短刀をぶら下げたままだ。

「どうする」

富五郎が訊くと、

「負けたよ、おめえには」

幸吉の手から短刀が滑り落ちた。

四

「又聞きも入ってるけど、まあそういうことだ」

富五郎が長話を終えた。

「運の尽きか」

清吉が言うと、

「幸吉は自ら終わりにしたのかも知れないな」

森本が言ったので、清吉は小さくうなずいた。

幸吉は逃げれば逃げられたかも知れない。だが正体もばれてしまったし、これからは一生追われる生活が待っている。それよりも英雄扱いされた己の偶像に金箔を張り付けて終わりにしようと思ったのではなかろうか。

盗賊は見栄っ張りが多い。磔獄門が決まり、裸馬で市中を引き回されるときでさえ、身内に頼んで身だしなみを整わせ、金品をばらまかせたりするばかりか、小唄を唄ったり、辞世の句を詠んだりする見栄っ張りが少なからずいる。

これでおれの悪名も永久に語り継がれることだろう、と幸吉は思ったのかも知れない。

人生五十年、いや実際には四十年に満たないのがこの時代のふつうの寿命である。子供が半分も生きられないからだ。また特効薬もなければ知識もないので、数々の疫病がはやるたびに万単位の死者が出た。

江戸っ子が宵越しの金を持たないと言われたのは、持たないのではなくて持てないのだ。長屋暮らしでは、小金を貯めても隠しておく場所がないし、なんとか隠したとしてもすぐ火事になる。第一、四十に満たない寿命では老後など考える必要はなかろう。太く短く、パーッと花火のように人生を使い切ってしまおうというのが江戸っ子気質であった。

だが、それだけでは寂しい。己がこの世に生きていた痕跡を残したいと思うのもまた人情であろう。それは偉人ばかりとは限らない。犯罪者や奇人変人の類までが、己の名を後世に残そうと、あの手この手を使ったのである。

「夜霧の幸吉か。半年前はたいそうな評判だったが……」

清吉は語尾を濁した。

「人の噂も七十五日さ。次々と起こる出来事に塗り替えられちまって、今じゃ、そう言われてみればそんなこともあったかなという程度しか人々の記憶には残っておらん。そんな中、幸吉の斬首の日取りが明日に決まった。作ってくれるな」

君之助が念を押した。

「なま温かいむすびか……」

「熱々じゃあだめなんだ。もちろん冷たくてもな」

「人肌くらいってとこかな」

「まあそんなとこだ」

「わかりました、作っときます」

「あんまり早く作られても、冷えちまうからな」

「人肌でござんしょう」

清吉は森本をじっと見る。

「なんだよ、おれがあっためるのか」

「ほかにあっためてくれる人がいるんですかい」

森本は首を横に振り、

「子供のころ、卵ならあっためたことがあるんだけどなぁ」

「孵《かえ》りましたか」

「腐っちまったよ」

「明日の朝用意しておきますんで、首が落ちる一刻くらい前にきておくんなさい」

「わかった。頼む」


清吉は真夜中過ぎに飯を炊いた。

炊きあがったのを櫃《ひつ》に入れて、熱すぎず冷めすぎず、ほどよいぬくもりを保ちつつ森本を待つ。

約束通り、森本は木戸が開くと同時にやってきた。

まずはむすびを試食させてみる。

「うまい」

森本は夢中でほおばったが、途中で手を止めた。

「どうしやした」

「最後めしか。幸吉の奴、かっこうつけてやがるが、実際のところはどうなんだろうな、飯が喉を通るんだろうか」

「それだけ大胆な野郎なら、通るんじゃないですかねえ」

「そうだよな、俺とは違うよな」

森本は残りを食べた。

清吉はかなり大きな塩むすびを三つ、竹皮に包み、さらに油紙に包んで手渡す。

森本は包みをそっとふところに入れて、

「あったかい……じゃあいくぜ」

己の胸を両手で抱きしめるようにして《すずめ》を出ていった。

清吉は見送りに外に出た。

森本の姿が見えなくなると、

「ひと雨くるかも知れねえな」

つぶやきつつ、どんより曇った空を見上げた。そろそろ梅雨入りだ。

木枯らしの吹く晩なら、なま温かいむすびはいっそううまく感じられたことだろう。けれども若葉のこの季節だって冷や飯よりはうまいに決まっている。それも人肌で温めたものなら格別だ。

それにしても、幸吉にむすびを差し入れるよう頼んだのはいったい誰だろう。幸吉の女か。

累が及ばないようにと一年前に離縁しておいた妻子か。

それとも銭を投げ込んでもらった者の恩返しか。

いずれにしろ、今朝は静かだろうなと清吉は思う。毎朝五つ時に、牢屋敷の方から、「わーっ」と耳を聾《ろう》する叫び声が聞こえてくるのだ。今日のところは己の首が胴体とつながっていると知った罪人たちの安堵の雄叫《おたけ》びであった。

斬首される者は早朝、呼び出される。そのときの態度は人によって異なると聞く。「おありがとうございます」と素直に付いていく者、半狂乱になって暴れる者、牢内の者たちと別れを惜しむ者、中には強がって鼻唄混じりで引かれていく者などさまざまだ。

また牢内に残る者たちも、引かれていく者にそれぞれ言葉をかける。念仏を唱える者、あの世での再会を誓う者、ののしる者など、こちらもさまざまだ。

あちらとこちらは紙一重なんだよなぁ、と清吉はつくづく思う。

悪行をしたから牢に入るとは限らない。運が悪い者もいれば、嵌《は》められた者もいる。いつの世でもそうだが、真に悪い奴は贅沢三昧の暮らしをし、大手を振って通りを歩いているものだ。

庶民の暮らしはいつも塀の上をあぶなっかしく歩いているようなものだろう。せめてあっち側へ落っこちねえようにしよう、と思う毎日だった。

「もう降ってきやがった」

清吉は眉にたかった霧雨を指で払い落としながら店に戻った。

この時代、明日処刑されるからといって最後の晩餐《ばんさん》が出るわけではない。だが家族などからの依頼があれば、贅沢なものでない限り、差し入れてもよいことになっている。

森本は俗に閻魔《えんま》堂と言われた改番所で幸吉の到着を待つ。

ふところのむすびは肌となじんで、あったかいのか冷たいのかわからない。つまり、これがなま温かい塩梅《あんばい》なのだろう。

ついさっきまでこのむすびは真の依頼者のふところに収まっていた。だが、本人が直接幸吉に渡すことができないので森本に託したというわけだ。

間もなく牢屋仲間《ちゅうげん》に引かれて夜霧の幸吉がやってきた。

森本はふところからむすびの包みを取りだして待ち受ける。

ふたりは初対面であった。森本は牢屋敷勤めだが、役目が異なるので直接幸吉に接してはいなかったのだ。だが、もちろん顔は知っていた。

捕縛された当初と比べると幸吉はずいぶん痩せたが、目には力が残っていた。

「夜霧の幸吉」

「へえ」

ふたりは見つめ合った。

「なんでやしょう」

「実はおまえに食わせたいものがあってな」

森本はむすびの包みをさしだした。

幸吉はおずおずと受け取ると、油紙をほどき、次に竹皮をめくる。

つい一刻ほど前に清吉から手渡された温かいむすびは森本のふところを経て真の依頼者のふところに収まり、再び森本の胸に戻り、今食わせたい男に手渡されたのである。湯気こそ立っていないが、まだぬくもりは充分に残っているはずだ。

「どなたがこれを」

「誰でもいいから食え」

「ありがたくちょうだいいたしやす」

幸吉は改めてむすびを捧げ持って一礼してから、訊いた。

「あっしの首は、やはり山田《やまだ》様が」

「いや、明日は弟子がやる。だが、山田殿をしのぐほどの技量とのことだから案ずるな」

「お任せいたしやす」

幸吉はむすびをひとつ手に取り、かぶりついた。

五

朝五つが過ぎたが、曇天のせいか薄暗く、霧雨が降ったり止んだりしていた。

下人が目隠しのための面紙《つらがみ》を付けようとすると、

「そんなものは無用でございます」

幸吉は首を振ってことわった。

下人に両脇を取られ、牢屋敷の裏門に近いところにある死罪場に向かう。

土壇場では山田浅《あさ》右衛《え》門吉昌《もんよしまさ》に代わる斬首人、石川弁之進《いしかわべんのしん》が袴《はかま》の股立《ももだ》ちを取り、襷《たすき》掛けで待っていた。長身の凛々《りり》しい武者ぶりである。

弁之進の視線に気付いて、幸吉は顔を上げた。

幸吉は弁之進を見て、おやという顔をした。すぐに目を見開いて顎の黒子を見つめる。

弁之進は堅く唇をむすび、必死になにかを堪えているようだった。

幸吉の顔が驚きの表情から急速に和《なご》んでいく。やがて満面の笑みとなった。

下人にうながされ、幸吉は土壇場に膝を突いた。

ふたりが両脇を、もうひとりが背を押して幸吉を前に屈ませる。

もうひとりが弁之進の持つ斬首刀に柄杓《ひしゃく》の水をかけると、弁之進は少し刀を振って余分な水を切り、

「なにか言い残すことはないか」

こわばった口調で訊いた。

「おむすび、おいしゅうございました」

幸吉は万感の思いを込めて言い、自ら首を土壇場にさしだした。

この作品は徳間文庫のために書下されました。

徳間文庫

思い出料理人
嫁《よめ》菜《な》雑炊《ぞうすい》

2012年12月15日 初刷

著者 松《まつ》岡《おか》弘《こう》一《いち》

発行者 岩渕徹

東京都港区芝大門二—二—二 〒105—8055

発行所 株式会社 徳間書店

電話 編集〇三(五四〇三)四三四九 販売〇四八(四五一)五九六〇

振替 〇〇一四〇—〇—四四三九二

印刷 株式会社 廣済堂

製本 ナショナル製本協同組合

ISBN978-4-19-893642-6 (乱丁、落丁本はお取りかえいたします)

徳間文庫の好評既刊

松岡弘一

思い出料理人

涙めし

書下し

死や別れなど人生の節目に際し、あの時のあの味をもう一度味わいたい——旅立つ者が悔いの残らぬよう、どうしても口にしたい、一生に一度の料理を作り出す、居酒屋すずめの清吉おさと夫婦。人の好い常連客の助けを借りながら集めた食材に、皆の思いを込めた包丁を入れれば、事情《わけ》ありの過去を背負った者は心ほぐされ、思い出の料理にまつわる話を喋《しゃべ》り出す……。四季を味わう、人情物語。

徳間文庫の好評既刊

坂岡 真

恋々彩々

歌川広重江戸近郊八景

池上本門寺のそばに縄暖簾《なわのれん》を提げる女将《おかみ》とわざわざ八丁堀から通ってくる定町廻り同心。相惚《あいぼ》れのふたりを襲った、思いもよらぬ災難に、浮世絵師は……（「おふじ　池上晩鐘」）。可憐にして必死、婀娜《あだ》っぽく一途——己の目の前を通り過ぎていく、恋に患う娘や女たちに、広重は優しく墨を引き、大胆に色を塗る。四季折々の恋愛模様を、花鳥風月を醸《かも》し出す、情緒あふれる筆致で描いた珠玉の短篇集。

徳間文庫の好評既刊

公儀鬼役御膳帳

六道 慧

書下し

木藤《きとう》家の御役目は御前《ごぜん》奉行。その主な役割は将軍が食する前に味見をして、毒が盛られることを未然に防ぐ、毒味役である。しかし、当主・多聞《たもん》の妾腹の子・隼之助《はやのすけ》は、父に命ぜられ、町人として市井で暮らしていた。憤りを抱えつつ、長屋での暮らしに、お節介な年寄りたちや友人たちのおかげで慣れてきた頃、父から塩問屋の山科屋に奉公しろと……。